tredition®

www.tredition.de

AF178917

Frithjof Siering

Grabstein-szenen aus Jammerland

www.tredition.de

© 2017 Frithjof Siering

Verlag: tredition GmbH, Hamburg

ISBN
Paperback: 978-3-7345-6231-0
Hardcover: 978-3-7345-6232-7
e-Book: 978-3-7345-6233-4

Printed in Germany

Grabsteinszenen
aus
Jammerland

In einem Land

in dem

das Jammern

ganz GROSS geschrieben wird

müssen wir uns

Gedanken machen

wie wir den Jammernden

zeigen

was Ihnen alles NICHT

passiert ist

21

Langsam zog ich den Knoten wieder auf und mir den drei Zentimeter dicken Strick wieder über den Kopf. Ich stieg von meinem Stuhl und setzte mich drauf. Dafür hatte man ihn schließlich gefertigt, dafür hat jemand irgendwo auf der Welt seinen Lohn erhalten und ernährt seine Familie. So etwas Wertvolles sollte man nicht unbedacht missbrauchen. Sie fragen sich jetzt, warum ich überhaupt auf den Stuhl gestiegen bin, mit dem Strick um den Hals, der jetzt vom Dachbalken baumelt wie der Pendel einer Uhr, der Weltenuhr. Um ihnen das zu erklären, bin ich hier und habe mich gesetzt. Vor mir steht meine alte Schreibmaschine und ein großer Stapel Papier auf dem am Ende alles stehen wird. Ich werde dafür weit ausholen, damit sie verstehen warum mich diese Welt so deprimiert hat. Ich werde ihnen von Bekanntschaften erzählen, von Menschen denen ich begegnet bin und mit denen ich ein Stück gegangen bin. Lauter kleinere Schicksale in einer Welt, die so voller Unrecht und Misstrauen ist. Wo Menschen an falscher oder an zu geringer Nahrung sterben, in der Versprechen gegeben und gebrochen werden, in der Freiheit und Demokratie propagiert werden, aber Verfolgung und Auftragsmord herrschen, in der keiner dem anderen vertraut, sondern jeder jeden belauscht. Ich habe immer gezweifelt und bin bis heute überzeugt, dass der Mensch schlecht ist. Er ist nie zufrieden, solange er sieht, dass es anderen besser geht. Wobei alles was er selber nicht hat als besser bezeichnet wird, egal ob es das für einen selber tatsächlich auch wäre, egal was alles damit zusammenhängt. Einfach auch haben wollen ist die Devise. Eigentlich reicht den Meisten aber das auch noch nicht, es muss ein kleines wenig besser sein als das, was der Andere hat, der muss es sehen und er muss sichtbar leiden, das gefällt dem Menschen, warum auch immer. Da der Großteil der Menschen aber relativ wenig von dem hat was als Luxus bezeichnet wird, jammern sie wie schlecht es ihnen geht und die Medien machen gerne mit. So bejammert man sich jeden Tag auf vielen Sendern zum mit gucken, kranke Welt. Es gibt aber auch Menschen, die ihr Schicksal annehmen und damit leben und kämpfen, die zufrieden sind trotz aller Rück- und Tiefschläge, die sich nicht unterkriegen lassen wollen und gegen die Unzufriedenen anlächeln. Sie haben es nicht leicht wie alle Minderheiten überall auf der Welt. Sie werden ausgegrenzt, verfolgt oder an den Pranger gestellt. Ich habe viele getroffen die auf der Strecke geblieben sind. Die meisten von Ihnen hätten allen Grund gehabt aufzugeben, manche haben es getan, andere hat man weggesperrt und einige hat das Schicksal direkt mitgenommen. Wenn sie mögen erzähle ich ihnen von einem Menschen, der so viele kennengelernt hat, die er gar nicht kennenlernen wollte, damit sie verstehen warum ich in diesem Land der Jammernden auf den Stuhl steige und hoffe in einem anderen Leben auf fröhliche Wesen zu treffen, die ehrlich und respektvoll miteinander umgehen. Sicherheit gibt es dafür nicht. Seien sie mir am Ende nicht böse, es ist eine traurige Geschichte.

1

Leise plätschert das Rheinwasser an mir vorbei, die kleinen Wellen von den großen Booten klatschen Beifall am Ufer. Ich sitze auf einer Bank und höre ihnen zu. Ich rauche ein paar Zigaretten und genieße die Ruhe an diesem Morgen. Das Thermometer zeigt bereits 21 Grad und ich habe die Jacke ausgezogen. Ich bin vor drei Stunden aus meinem Schlafsack gekrochen, habe mich leise aus dem Zelt gestohlen in dem zwei weitere ihren Rausch ausschliefen. Ich hatte gestern auf ihr Zelt aufgepasst als sie loszogen um Geld zu beschaffen, dafür bekam ich was zu trinken und durfte mich mit ins Zelt legen. Heute wollte ich weiter, wir hatten uns nicht viel zu sagen, ich war ihnen zu jung, zu jung für die Straße, zu jung um zu bleiben. Also schlich ich mich raus, nahm meine Sachen und ging eine Stunde weiter, bis ich mich auf diese Bank setzte und den Morgen genoss. Ich gehörte auch nicht auf die Straße, nur ab und an nahm ich mir die Zeit, meinen Schlafsack und zog los. Übernachtete wo es eben ging und besah mir die Menschen. Nur konnte ich jederzeit zurück in mein

Heim, in dem es mir ebenso gut ging. Ich hatte genug zum Leben und wahrscheinlich auch noch etwas mehr.

Ein junger Mann setzte sich zu mir und schaute aufs Wasser. Er war großgewachsen und sportlich gekleidet, aus seinen Augen liefen ein paar Tränen, sie waren hellblau und wirkten ängstlich. Ich mische mich nicht in andere Angelegenheiten und so schwiegen wir eine Weile und lauschten dem Applaus des Rheins. Nach einer Weile fing er an zu erzählen. „Wenn Du Zeit hast und zuhören kannst, dann erzähle ich Dir meine Geschichte, wenn Du mich unterbrichst, stehe ich auf und gehe und Fragen beantworte ich keine." Ich nickte nachdenklich, nachdem sich die erste Überraschung über den gehörten Satz gelegt hatte und sah aufs Wasser. Ich hatte Zeit und war im Zuhören geübt. „Ich erinnere mich an meinen vierten Geburtstag, mein Vater ging mit mir in den Keller in dem ich die folgenden vierzehn Jahre zubringen sollte. Freilich wusste ich das zu diesem Zeitpunkt noch nicht. Es hieß, er habe ein Geschenk für mich dort unten. Meine Mutter, zumindest dachte ich zu diesem Zeitpunkt dass es sich um meine Mutter handelte, lag, glaube ich, auf der Couch und schlief, aber daran erinnere ich mich nicht mit Sicherheit. Zumindest ließ sie mich mit Vater in den Keller gehen und holte mich erst vierzehn Jahre später wieder raus. Als wir unten ankamen fragte ich, wo denn mein Geschenk nun sei, dazu drehte ich mich um. Vater stand mit dem Rücken zu mir an der Tür und fummelte am Schloss rum, ich begriff nicht, wollte aber unbedingt mein Geschenk sehen. Vater drehte sich um und lächelte mich an, du wirst es gleich bekommen, kam es von seinen Lippen, die komisch lächelten. Er sagte, dass ich in meinem Geschenk stehen würde, es wäre das Zimmer, das jetzt meines wäre. Ich sah mich um und tatsächlich in der Ecke stand ein Bett und in einer anderen war eine Toilette auf die ich plötzlich musste. Ich fragte, ob ich sie benutzen dürfe und Vater lachte. Natürlich, es wäre ja nun meine Eigene, sprudelte es aus ihm heraus. Er ging zu einer Wand, an der eine Kette angebracht war. Er nahm sie in die Hand und ich sah eine Art Armreif an einem Ende. Er nahm dieses Ende und kam damit zu mir, die Kette rasselte auf dem Boden, ich starrte ihn an, dann nahm er meinen linken Arm und schon klickte der Armreif, der sich als Handschelle herausstellte, um meinen kleinen Arm. Vater sagte, dass alles was ich jetzt erreichen könne mir gehört, was ich sonst noch brauche würde er mir bringen. Dann ging er mit mir zum Bett und setzte sich neben mich, er nahm meine Hand und legte sie sich in den Schritt, er sagte er würde bald wieder kommen und wir würden dann viel Spaß haben. Er ging und schloss hinter sich die Kellertür zu. Ich hörte wie sich der Schlüssel im Loch drehte, ich atmete schwer und verstand gar nichts mehr. In einer Ecke standen meine Spielsachen aus meinem Zimmer, bisherigen Zimmer. Ich war es gewohnt alleine zu spielen, von daher hatte sich nicht viel verändert. Ich hatte nie Besuch von anderen Kindern und ich ging auch nicht in den Kindergarten. Irgendwie hatte es auch etwas Gutes, hier unten hört man nicht, wenn sich Vater und Mutter streiten und er sie verprügelt, das brauchte ich nicht mehr miterleben. Doch leider war ich hier unten meinem Vater völlig ausgeliefert, mich hörte auch keiner mehr, da konnte ich schreien wie ich wollte, und Vater gab mir in den nächsten Tagen viele Gründe zum Schreien. Wenn Vater da war hörte ich auf zu essen, ich traute mich nicht mehr auf die Toilette, es kam so viel Blut und die Schmerzen waren kaum auszuhalten. Manchmal waren die Pausen zwischen seinen Besuchen so groß, dass ich anfing an Normalität zu glauben und dann kam er manchmal drei oder viermal an einem Tag zu mir runter. Manchmal brachte er noch jemanden mit, dann war es am schlimmsten. Das Schlimmste, so im Nachhinein betrachtet war, dass ich all das für normal hielt. Ich wusste nicht, dass es in anderen Familien anders war, woher auch, ich kannte ja keine anderen Familien. Als ich sechs Jahre alt wurde brachte mir mein Vater Schulbücher mit, die ich durcharbeiten sollte. Er prüfte mich mit kleinen Tests, die ich alle bestand. Das Lernen brachte mir eine angenehme Abwechslung und ich hatte mich an die körperlichen Qualen gewöhnt. So ging es weitere Jahre und ich lebte in meinem Keller und Vater sagte mir eines Abends, an dem er sich wieder an mir vergangen hatte, dass meine schulischen Leistungen erstklassig seien und ich hätte bereits ein Schuljahr übersprungen. Er streichelte mich am Kopf und ging durch die Kellertür, es sollte das letzte Mal sein, das ich ihn sah. Ich hatte vergessen dass es im Leben auch eine Mutter gab. Ich hatte keine mehr seitdem ich in diesem Keller war. Die Tage vergingen und ich lernte mit Hilfe der Bücher, doch ich näherte mich den letzten Seiten und erschrak. Ich hatte seit einigen Tagen nichts Frisches mehr für meinen Kühlschrank bekommen und die letzte warme Mahlzeit lag ebenfalls schon mehrere Tage zurück. Was war geschehen? Zu Trinken hatte ich, zumindest Wasser aus der Leitung, trotzdem war es in all den Jahren nicht vorgekommen, dass Vater mich so lange nicht besuchte, ich wusste nicht ob ich mir Sorgen machen sollte. Ich wusste ja nicht einmal was Sorgen sind. Ich hatte ein Gefühl, dass man laut den Büchern als Angst bezeichnen durfte. Ich schritt immer unruhiger durch mein kleines Reich. Irgendwann überwand ich mich und klopfte zaghaft an die Kellertür, doch ich wusste, dass mich keiner hören würde. Ich fing an schlecht zu schlafen und der Hunger wurde allmählich größer. Es mussten inzwischen zehn oder zwölf Tage vergangen sein, als ich ein Geräusch an der Tür hörte, ich sprang von meinem Bett und zitterte am ganzen Körper, die Normalität der vergangenen Jahre hatte mir Sicherheit gegeben, doch die war wie weggeblasen. Ich hörte wie verschiedene Schlüssel ins Kellertürschloss gesteckt wurden und dann wieder hinausgezogen, keiner schien zu passen. Ich kauerte mich in die hinterste Ecke und wartete. Dann knackte es und der Schlüssel drehte sich im Schloss, langsam ging die Tür auf und ein mir bekanntes männliches Gesicht schob sich durch den Spalt, von weiter hinten hörte ich eine weinerliche Frauenstimme, die fragte, ob er noch lebte, wahrscheinlich meinte sie mich. Das Gesicht nickte, weil es mich erblickt hatte. Es war einer der Männer, die Vater ein paarmal mitgebracht hatte. Er kam durch die Tür und schloss sie hinter sich, die Frauenstimme blieb draußen. Er kam langsam auf mich zu und setzte sich dann auf mein Bett. Er sah mich an und sagte, dass ich mir jetzt keine Sorgen mehr machen bräuchte, er würde weiter für mich Sorgen. Ich verstand nicht und schaute ihm fragend in die Augen. Er senkte den Blick und sagte, dass der Pastor bei einem Thailand Urlaub ums Leben gekommen sei und er sich gefragt hat, ob denn außer ihm noch jemand von mir wusste und hat die Haushälterin gebeten ihm die Schlüssel zu geben, damit er sich um mich kümmern könne. Als ich ihn fragte, ob er meine Mutter meine, da lachte er. Meine Mutter kenne er nicht und auch meinen Vater würde er nicht kennen. Der Pastor hätte mich wohl bei sich aufgenommen, nachdem ich vor der Kirche abgelegt worden war. Die Haushälterin war eine Drogenabhängige die nicht mal sicher war, dass es hier im Keller einen Jungen gäbe, die habe eigene Sorgen mit dem überleben. Jetzt würde aber alles gut werden und er würde sich fortan um mich kümmern. Ich hörte auf zu zittern und glaubte wieder in der Normalität angelangt zu sein. Ich setzte mich zu dem Mann auf mein Bett und nahm seine Hand. Er war vorsichtig mit mir und es war alles wie immer. Bevor er ging sagte ich ihm noch, dass ich die Schulbücher für das neue Schuljahr bräuchte, er lachte beim raus gehen. Im Grunde hatte sich nicht viel verändert, ich bekam meine Bücher, allerdings nur Naturwissenschaftliche, über das normale Leben sollte ich nichts wissen und so hielt ich mein Leben weiter für normal. Mit den Besuchen wurde es allerdings anders, immer öfter wurde ein fremder Mann zu mir gelassen, der dann nach einer Stunde wieder raus gelassen wurde. Mir wurde ein paarmal erklärt wie ich mich zu verhalten hätte und auf welche Wünsche ich wie einzugehen hatte. Wenn ich meine Sache gut machen würde, gäbe es eine Belohnung. Die Belohnung war dann meistens ein besonderes Essen, ein großes Eis oder neue Bücher, über die ich mich am meisten freute. So gingen weitere Jahre ins Land und ich hörte nach einiger Zeit auf meinen Vater zu vermissen. Ich schrieb ein paar wissenschaftliche Arbeiten und eines Tages kam der Mann mit einer Auszeichnung zu mir und einer Einladung zu einem Kongress, auf dem ich über meine Arbeit berichten sollte. Ich fragte, was denn ein Kongress sei und der Mann sagte, dass dort viele Männer in einem Saal sitzen würden und mich anschauen und mir zuhören wollten, hinterher würden alle zu mir kommen, um mit mir zu reden. Bei der Vorstellung bekam ich Angst, was Männer von mir wollten wusste ich ja genau, ich sagte, dass ich nicht zu diesem Kongress wolle. Der Mann meinte, dass es schwierig sei, man müsse mich jetzt langsam an die Öffentlichkeit bringen. Er würde auf mich aufpassen, ich dürfte nur auf gar keinen Fall ohne ihn auf irgendwelche Fragen antworten. Es wäre absolut wichtig mein bisheriges Leben geheim zu halten. Ich verstand nicht und wollte darüber nachdenken, er ging. Ich sollte also meinen Keller verlassen, die Handschelle war schon lange nicht mehr an meinem Arm, aber ich wollte sowieso nicht weg. Mir reichte was ich hatte und noch mehr Männer wollte ich auf keinen Fall sehen. An meinem neunzehnten Geburtstag kam meine Mutter, nein die Haushälterin des Pastors zu mir in den Keller und legte mir ein paar neue Kleider hin. Sie sagte ich solle das mal anziehen, man würde mich bald abholen kommen. Sie betrachtete mich und meinte das ich groß geworden sei und ein hübscher Junge, dann ging sie wieder. Eine Weile später kam der Mann und meinte, ich solle einen Stoffsack über meinen Kopf machen, er würde mich mitnehmen, doch ich müsse mich langsam ans Tageslicht gewöhnen, also tat ich es. Ich stolperte hinter ihm hergezogen die Treppen nach oben und erkannte das Knarren wieder. Dann traf mich etwas Warmes, es ging überall durch mich durch und ich fing an zu schwitzen, dann war es wieder weg. Ich wurde auf einen Sitz geschoben, der gepolstert war und hinter mir knallte eine Tür, aus der anderen Richtung ging eine auf und jemand drehte mich auf dem Sitz von sich weg und zog meine Arme auf den Rücken, er band meine Hände locker zusammen und verschwand dann wieder. Nun klappte eine Tür vor mir und der Sitz ruckelte kurz, es gab ein Brummen und wir schienen uns zu bewegen. Ich musste in einem Automobil sitzen und was ich hörte musste der Motor sein, ich war fasziniert. Wir fuhren eine ganze Weile, wie lange kann ich nicht sagen, Faszination schlägt Zeitgefühl. Als wir anhielten war ich wie berauscht, die Tür ging auf und eine Hand zerrte mich von dem Sitz, ich fiel auf etwas Weiches. Eine Stimme sagte, ganz dicht an meinem Ohr, es wäre nun soweit, ich sei auf mich allein gestellt. Die Vergangenheit müsse nun ruhen und sollte ich versuchen ihn zu finden, würde mir das nicht sonderlich gut bekommen. In dieser Welt gebe es für jeden einen Zeitpunkt an dem man einen Schnitt macht und mit dem Leben beginnt, dieser sei nun bei mir gekommen. Anschließend bekam ich noch einen Tritt in die Seite und etwas Hartes traf mich am Kopf, so dass ich das Bewusstsein verlor. Als ich wieder zu mir kam waren meine Hände frei und auch mein Kopf steckte in keinem Sack mehr. Wieder durchströmte mich diese Wärme, ich schlug die Augen auf und kniff sie gleich wieder zusammen. Ich lag auf einer Wiese vor einem Kiefernwald, die Sonne schien auf mich herab. Neben mir ein paar tiefe Furchen, die mussten von dem Auto sein, das mich hierher gebracht hat. Was sollte ich jetzt machen, Neben mir lag eine Tasche, darin war eine Brotdose und eine Flasche Wasser. Außerdem lag dort meine Ausarbeitung und die Einladung zu dem Kongress. Doch da ich nicht wusste was wir für ein Datum hatten, wusste ich auch nicht ob der Kongress bereits war oder nicht. Zum Anderen hatte ich keine Ahnung wo ich war und wo überhaupt irgendetwas war, ich hatte das erste Mal außerhalb meiner Bücher einen Wald vor mir. Ich ging los, ziellos auf den Wegen, die sich vor mir ausbreiteten und sah dann erst einen Fluss und später Häuser in der Entfernung, das musste eine Stadt sein. Ja es war eine und es war eine Große. Ich ging durch die Straßen und wunderte mich über all die

Kinder die überall umherliefen und dann die vielen Frauen, ich kannte bis jetzt nur Männer. Nun kannst Du dir sicherlich vorstellen, dass ich relativ ängstlich war und nicht wusste was ich tun sollte. An dem Schild am Rande der Stadt erkannte ich das hier der Kongress stattfinden sollte und an einem Zeitungsstand wusste ich dann, dass mein Termin am nächsten Tag war. Somit hatte ich ein Ziel, auch wenn ich nicht wusste was ich mit diesem Ziel anfangen sollte, so hatte ich doch irgendwie keine andere Wahl. Ich erkundigte mich also wo dieses Hotel war, in dem der Kongress stattfand und ging direkt dorthin. Ich ging durch die große Glastür und schaute mich in dem riesigen Raum um. Als ich gefragt wurde, ob man mir helfen könne, sagte ich meinen Namen und zeigte die Einladung. Man fragte mich, ob ich ein Zimmer gebucht hätte, was ich verneinte, trotzdem gab man mir eines und ein junger Mann begleitete mich dorthin, verwundert sah ich das er an der Tür kehrt machte und mir einen angenehmen Aufenthalt wünschte. Ich legte mich auf das Bett und schlief auf der Stelle ein. Ich schreckte hoch als es an der Zimmertür klopfte, ich strich mir durchs Haar und streifte meine Kleider ein wenig glatt, dann ging ich zur Tür. Der Herr vor der Tür stellte sich als Professor irgendwer vor und fragte, ob er kurz mit mir reden könne, ich ließ ihn rein. Er fragte mich ein paar fachliche Sachen zu meinem Vortrag, auf die ich offensichtlich passende Antworten hatte, wir diskutierten das eine und andere bis er fragte, was denn meine Eltern machen würden und dass die ja mächtig stolz auf mich sein müssten. Ich verstand erst nicht und versuchte mir eine schnelle Strategie zu überlegen und sagte meine Eltern seien in Thailand ums Leben gekommen und ich habe die Zeit alleine in meinem Keller zugebracht, den hatte mein Vater mir zu meinem vierten Geburtstag geschenkt. Der Professor sah mich verständnislos an und meinte kurzerhand, dass er gehen müsste, wir würden uns am nächsten Abend sehen, er ging. Als ich am nächsten Tag an der Rezeption vorbeikam fragte man mich wie lange ich bleiben wolle und wie ich gedenke zu bezahlen. Beide Fragen waren ein wenig zu viel für mich und ich zuckte die Schultern und ging durch die Glastür. Als ich am Nachmittag wieder kam erwartete man mich offensichtlich bereits. Zwei Uniformierte standen vor meinem Zimmer und baten mich mitzukommen. Ich sagte ihnen, dass ich am Abend aber wieder hier sein müsse, man erwarte einen Vortrag von mir, der eine Beamte nickte und so ging ich mit. Auf der Polizeiwache wollte man meine Personalien aufnehmen und fragte mich nach meinem Namen, ich sagte ihnen den, den ich kannte, doch sie schüttelten den Kopf. Der Name sei nirgends registriert, ich sollte jetzt langsam mal mit der Wahrheit rausrücken, sonst müssten sie mich da behalten. Daraufhin erzählte ich ihnen wer ich meiner Meinung nach sei und wie ich meine letzten vierzehn Jahre verbracht habe, sie glaubten mir kein Wort. Es wurde langsam Abend und ich hatte mich nach dem Gespräch mit dem Professor auf den Abend gefreut und war am Tage draußen am Fluss meine Ausarbeitung nochmal durchgegangen, doch jetzt schien das alles wieder in weiter Ferne zu sein. Plötzlich stand der Professor im Raum, er sagte er würde mich mitnehmen und dafür garantieren, dass ich nicht abhaue, wie er sich ausdrückte, das Hotelzimmer sei bezahlt und sonst sei ja noch kein Schaden entstanden. So fuhr ich mit dem Professor zurück zum Hotel, dort entschuldigte man sich bei mir und ich hielt am Abend einen Vortrag der mit viel Beifall endete. Anschließend stürmten viele Menschen und es waren nicht nur Männer, nein auch Frauen, auf mich zu und feuerten unendliche Fragen auf mich ab. Irgendwann kam der Professor dazwischen und brachte mich in einen Nebenraum. Wir setzten uns und er fragte, was denn das nun eigentlich für eine Geschichte mit meinem Namen und meinen Eltern sei. Ich sagte ihm, dass ich darüber nicht reden könne, es sei schmerzhaft, aber Vergangenheit und das sei gut so, er nickte. Irgendwie müssen wir das aber der Polizei klar machen, er wolle sich darum kümmern und dann wollte er wissen, was ich denn nun eigentlich vorhätte. Ob ich nicht an seine Universität kommen wolle. Dort könne ich an meinen Theorien weiter arbeiten und Vorlesungen abhalten, damit hätte ich ein geregeltes Einkommen. Ich wusste zwar nicht so recht was er meinte, nahm aber gerne an. Und nun stehe ich oft auf dem Unigelände rum und genieße die herrliche Luft, die Stimmen der jungen Frauen und die Wärme der Sonne. Mein Leben ist lebenswert geworden, auch wenn ich weiß, das man mir Unheil angetan hat, doch Einen hat die gerechte Strafe ja ereilt und der Andere hat mich am Ende ja befreit, wenn auch wahrscheinlich nur, weil er mit mir nichts mehr verdienen konnte." Der junge Mann stand auf, bedankte sich kurz und ging dann Richtung Rheinbrücke. Ich sah noch, wie er große Steine aus seinen Hosen- und Jackentaschen nahm und in die Büsche schmiss, das Erzählen hat ihm wohl

gut getan und das Leben vorerst gerettet. Ich blieb noch eine Weile sitzen und ein junges Paar kam vorbei und jammerte lauthals darüber wie schwierig es sei die richtigen Schuhe zu finden für den blöden siebzigsten Geburtstag der Oma, ich stand auf und ging in die andere Richtung.

2

Tief in Gedanken versunken ging ich eine Zeit lang am Rheinufer entlang, bis zu einer Autobrücke auf der blieb ich stehen und schaute den Schiffen zu, wie sie ihre Wellen schlugen. Ich ging die Geschichte des jungen Mannes nochmal durch. Er hatte seine ganze Jugend in diesem Keller verbracht und wusste nicht was ihm alles entgangen ist, doch er kannte es ja nicht anders, würde er ohne die Erfahrungen, die man in dieser so wichtigen Zeit macht, in dieser Welt eine Chance haben. Er wirkte intelligent, aber er hatte ja nur das Wissen aus Büchern, vom Zwischenmenschlichen kannte er nur das Ausgenutzt werden von seinem angeblichen Vater, alles Andere war ihm fremd. Würde es fehlen oder konnte man so zurechtkommen? Zumindest hatte er ein Lächeln auf dem Gesicht als er gegangen war. Es hatte ihm offensichtlich gut getan Alles zu erzählen, wahrscheinlich war es das erste und letzte Mal, dass er über seine Vergangenheit sprach. Sollte er zur Polizei gehen, sicher konnten die herausfinden wo er eingesperrt war und dann eventuell auch die Haushälterin und den anderen Mann ausfindig machen und diese zur Rechenschaft ziehen, aber würde ihm das helfen. Der angebliche Vater war tot und würde nun die Strafe vom Schöpfer erhalten, wenn es die gab, oder ist das nur eine Ausrede der Kirche und es gibt keine Hölle in die solche Menschen nach ihrem Tod einfahren müssen, vielleicht gibt es ja für alle nur das Paradies. Das kann einem bis zum heutigen Tag keiner mit Sicherheit sagen und das ist auch gut so. Gibt es die Hölle mit Sicherheit würde sich die Menschheit nahezu geschlossen nach ihrem Tod dort tummeln und die meisten würden mit grauenvoller Angst sterben. Gibt es sie mit Sicherheit nicht, wäre die Wahl des Freitodes für viele eine viel zu frühe Lösung. Ich überlegte, ob ich ein wenig im Internet forschen sollte, welcher Priester in den letzten Jahren in Thailand ums Leben gekommen sei und behielt diese Option im Hinterkopf. Ich ging von der Brücke und wollte aus der Stadt. Ich ging zur Autobahnauffahrt und stellte mich mit dem Daumen im Wind an den Rand.

Besucher

Eine Stimme, hinter mir, oder vielmehr von überall her, fragte mich was ich denn jetzt hier machen würde. Ich erschrak und drehte mich in alle Richtungen, doch es gab keine Person zu der Stimme. Was hatte das zu bedeuten, war ich irre, fing ich an Stimmen zu hören, ich fiel auf mein Knie und musste mich sammeln, ich hatte das Gefühl mich jeden Moment übergeben zu müssen, fing mich aber rechtzeitig selber wieder auf und setzte mich ins Gras am Rand. Ich überlegte, ob ich eine Frage stellen musste und tat es, ich wollte wissen ob jemand da sei. Die Antwort kam schnell, da ich fragte muss ich ja wohl etwas gehört haben, also muss ja wohl jemand da sein, die Frage sei ein wenig befremdlich, klärte die Stimme mich auf. Ich schloss die Augen und versuchte mich zu erinnern, ob ich die Stimme kannte, doch war sie ein wenig wie durch einen Nebel gesprochen und daher nicht so klar, trotzdem kam sie mir ein wenig bekannt vor und dann erschrak ich. Es war die Stimme des Jungen von eben, ich wurde bleich. Du hast mich also erkannt, stellte die Stimme fest und atmete aus. Zumindest hörte ich das Geräusch, das entsteht wenn man tief ausatmet." Ich habe Dich gefragt was Du hier tust, hast Du mir denn eben gar nicht zugehört, sollte Dein Weg nicht zur Polizei sein, um eine Anzeige zu erstatten, wo willst Du denn jetzt hin", hörte ich aus dem Nichts. „Was soll ich denn bei der Polizei, ich kenne ja nicht einmal Deinen Namen und wer sagt mir denn, das es sich bei dem was Du mir erzählt hast um eine wahre Geschichte handelt", stellte ich in den Raum. „Du glaubst so etwas kann es nicht geben, wie naiv bist Du denn, habe ich mir einen Trottel ausgesucht, dem ich meine Geschichte erzähle, helfen sollst Du mir und nicht weglaufen." Ich fühlte mich ein wenig vor den Kopf gestoßen und sagte: „nun mach aber mal halblang, ich kenne Dich doch überhaupt nicht, ich weiß nicht wo Du herkommst, ich kenne nicht einmal Deinen Namen, selbst wenn ich wollte könnte ich ja doch nichts unternehmen." „Ach so leicht ist das, gibt es denn kein Internet wo man sich mal auf die Suche machen kann, ich glaube schon, dass Du da was herausbekommen könntest, womit Du dann zur Polizei gehen kannst." Ich schluckte und sagte ihm, dass er verschwinden soll, ich hatte mich zwar bereit erklärt ihm zuzuhören und das habe ich auch getan, und meine Gedanken habe ich mir auch gemacht, aber das war es dann auch und jetzt solle er mich gefälligst wieder in Ruhe lassen, ich hätte meine eigenen Sorgen. „Du wirst von mir hören, ganz bestimmt", die Stimme schien sich zu entfernen, sie wurde immer leiser und ich sah mich nochmal in alle Richtungen um, aber niemand war zu sehen.

3

Ein Geländewagen, einer dieser modernen viel zu großen unnötigen Fahrzeuge mit jeder Menge PS, hielt an. Am Steuer saß ein Mann um die fünfzig und fragte wo ich denn hin wolle, ich nannte die nächste große Stadt, die auf dem Zubringerschild an der Brücke gestanden hatte und er nickte und nahm eine Zeitung vom Beifahrersitz, ich stieg ein. Wir fuhren eine Weile ohne dass jemand ein Wort sagte. Plötzlich fing der Mann an zu erzählen. „Eigentlich nehme ich als Polizist keine Anhalter mehr mit, aber sie sehen normal aus, obwohl man ja in einen Menschen nicht hineinschauen kann. Neulich hatte ich einen Einsatz in einem Hotel, die Rezeption hatte angerufen, sie hätten einen Gast, der nicht bezahlen konnte und das war eine ganz komische Geschichte. Den Namen den er uns nannte gab es in keinem Register und die Geschichte dazu war noch abenteuerlicher. Angeblich hatte man ihn in einem Keller gefangen gehalten, obwohl er das nicht so nannte. Er sagte vielmehr, dass er in diesem Keller vierzehn Jahre gelebt hatte und nun erstmals zu einem Kongress, der in dem Hotel stattfand, den Keller verlassen hatte. Er wusste offensichtlich nicht was bezahlen bedeuten würde und hätte ja auch gar nichts erhalten, er würde ja nur in dem Zimmer übernachten. Wir wollten ihn dabehalten, doch dann kam ein Professor und bezahlte für den jungen Mann. Damit war die Sache für uns eigentlich erledigt, aber sie ließ mich nicht los. Der junge Mann hatte erzählt, dass sein Vater ein Priester war, der in Thailand vor einigen Jahren ums Leben kam, und sich anschließend ein anderer Mann um ihn gekümmert hätte. Ich suchte unsere Karteien nach einem verstorbenen Priester ab. Ich fand ihn, es gab ihn tatsächlich und ich fuhr dorthin. Der neue Priester in der Kirche ließ mich in alle Räume und auch in die Keller des Gebäudes. Ein Raum war tatsächlich wie ein Kinderzimmer mit Bett und Schreibtisch eingerichtet, er hatte sogar eine Toilette und ein Waschbecken darin. Der neue Priester meinte, er könne mir zu dem Raum nichts sagen, er wisse nichts darüber und auch nichts über einen Jungen, der hier gelebt haben soll. Somit verliefen meine weiteren Nachforschungen auch im Sande und ich beließ es dabei. Schließlich hat jeder so sein Päckchen zu tragen, überhaupt hatte ich gegenüber meinen Vorgesetzten nichts in der Hand und andere Sachen lagen auf meinem Schreibtisch. Beschäftigen tut mich das Schicksal des Jungen bis heute. Gerade weil die Kirche in dieser Zeit ja alles versucht zu vertuschen und nichts zur Aufklärung von Verbrechen an ihnen überlassenen Kindern beiträgt. Nur ohne eine Anzeige geht eben nichts." Ich starrte auf die Straße und wollte schon anfangen etwas zu sagen, doch dann sah ich den glücklichen Gesichtsausdruck des jungen Mannes wieder vor mir, den er hatte als er weg-ging und wie er die Steine aus seinen Klamotten holte und wegwarf. Ich schwieg und zählte die Striche die unter uns dahin rasten. „Meine Frau ist vor vier Jahren bei einem Autounfall ums Leben gekommen, es hieß sie sei Schuld gewesen, sie wäre zu schnell gefahren und hätte die Kontrolle verloren, aber wie kann man denn in einem Auto was auf hohe Geschwindigkeiten ausgerichtet ist auf nahezu gerader Strecke die Kon-trolle verlieren, das geht doch gar nicht. Das Auto war zu leicht für die Geschwindigkeit oder das Fahrwerk zu instabil, es hätte gar nicht einen so großen Motor ha-ben dürfen, aber davon wollte weder die Versicherung noch der Hersteller etwas wissen. Ich habe gegen alle geklagt und jeden Prozess verloren. Ein Gutachter hat geschrieben, dass sie in einer leichten Linkskurve bei Tempo 210 zu stark den Lenker eingeschlagen hat und somit das Heck ausgebrochen sei. Sie kam auf die rechte Fahrbahn, wo sie einen LKW tuschierte und zu-rück auf die linke Fahrbahn schleuderte. Sie kam auf den Randstreifen und der Wagen hob vorne ab, flog über die Mittelleitplanke in den Gegenverkehr, dort rammte sie frontal ein überholender LKW und warf den Wagen wie ein Stück Papier von der Straße auf das da-neben liegende Feld. Vielmehr verteilten sich dort die Einzelteile des Wagens und meiner Frau. Die Rettungs-kräfte mussten einen halben Tag suchen bis sie alles zu-sammen hatten, identifizieren konnte ich sie an unse-rem Ehering. Ich war an diesem Tag auf einer Schulung über Verkehrskontrollen auf der Autobahn, das war echt passend. Die Kollegen holten mich direkt dort ab und ich bekam psychologische Hilfe. Inzwischen komme ich einigermaßen klar, nur der Zorn auf die Versicherung und den Hersteller ist noch da. Immer wenn ich die Werbung von diesen immer kleineren und noch schnelleren Wagen sehe, schmeiße ich meinen Wutball gegen den Fernseher, das hilft ein wenig." Ich sah rüber und auf den Tacho, wir fuhren mit 200 km/h auf der linken Spur und nun fragte ich mich, ob ich nicht lieber aussteigen wollte, sagte aber nichts. "Seit dem Unfall fahre ich nur noch schwere Autos, die kommen nicht von der Fahrbahn ab, wenn man das nicht will, was ich mir oft seit diesen Tagen überlegt habe. Immer wieder erscheint mir der eine oder andere Baum passend, doch bis jetzt bin ich auf der Straße geblieben. Die Spritkosten fressen zwar meine Brieftasche leer und die Steuern sind auch viel zu hoch, aber ich kann mich in kein kleines Auto mehr setzen. Die Politiker sollten sich nicht so sehr von der Autolobby einspannen lassen, mit geänderten Auflagen für die Sicherheit und entsprechenden Gesetzesänderungen im Straßenverkehr ließe sich die Zahl der Verkehrstoten in kürzester Zeit halbieren. Meine beiden Söhne kommen langsam in das Alter wo sie den Führerschein machen und auf die Straße gelassen werden, ob ich das mit ansehen kann weiß ich nicht. Mit dauernder Angst kann kein Mensch leben, es raubt einem erst den Schlaf, dann die Konzentration und am Ende den Lebenswillen. Da vorne werde ich sie rauslassen, sie kommen schon weiter, aber ich möchte jetzt allein sein." Ich schluckte, er hielt mitten auf der Autobahn auf dem Standstreifen an und nickte mir zu. Was sollte ich tun, ich stieg aus und sah ihm eine Weile nach. Der Wagen verschwand schnell im dichter werdenden Verkehr. Ich sah mich um und ging die Böschung runter. Es verlief glücklicherweise eine Parallelstraße unterhalb der Autobahn und so ging ich auf dieser bis zum nächsten Ort. Jeder sucht die Schuld am Schicksal bei Anderen, eigene Fehler gibt es nicht in der heutigen Zeit. Es ist ja auch ein leichterer Umgang mit den Fehlern anderer als mit den Eigenen. Der Ort war eine kleinere Stadt und am Eingang war ein Industriegebiet mit einer größeren Rastanlage. Ich ging in das dazugehörige Restaurant, suchte mir ein Sandwich und ein Stück Kuchen aus, holte mir dazu noch einen übergroßen Kaffee und setzte mich in eine Ecke mit Blick auf den Parkplatz. An einem Tisch in der Nähe unterhielten sich zwei über ihren letzten Urlaub. Der Flug war jeweils eine Katastrophe, alles viel zu eng, keinerlei Verpflegung und die Flughafengebühren waren teurer als der Flug. Das Hotel war zu voll und All inklusive galt nur bis 23 Uhr. Ja was erwartet man denn, wenn alles quasi geschenkt sein soll, irgendwie muss der Preis doch zustande kommen, aber davon will ja keiner was wissen. Der Kollege hat doch so geschwärmt und ganz bestimmt auch nicht mehr bezahlt, nun da sollte man vielleicht mal genauer nachfragen. Ich war froh das sie bereits fertig waren und aufstanden um zu gehen, an jeder Ecke dieses Gejammer auf höchstem Niveau. Ich aß erst das Sandwich und dann den Kuchen, der Kaffee war ab der Hälfte kalt. Ich hätte mir nacheinander zwei mittlere holen sollen, hinterher ist man immer schlauer und beim nächsten Mal macht man es doch wieder falsch. Ich überlegte was ich jetzt tun sollte, es war mitten am Tag und mich hatte das Fernweh gepackt. Gut ich war zurzeit ungebunden, privat wie beruflich und Geld war auch genug vorhanden, solange ich meinen Kontoauszügen vertraute und die Kreditkarten akzeptiert wurden. Ich sollte mich auf den Weg ans Meer machen, da konnte einem wenigstens nichts passieren, zumindest solange man nicht rein ging ins Meer. Von Bergen konnte man runter fallen und das endet dann meist schmerzhaft. Ich trank den kalten Kaffee aus, ging durch die Tischgruppen, verstaute mein Tablett in dem dafür vorgesehen Wagen, kaufte noch zwei Schachteln Zigaretten und ging zum Ausgang. Zum weiter trampen fehlte mir die Lust und so machte ich mich auf den Weg in die Stadt in der Hoffnung einen Bahnhof zu finden.

Besucher

Er sprach mich wie aus dem Nichts an und ich erschrak wie beim ersten Mal. „Siehst Du, mit ein bisschen Recherche bekommt man auch etwas raus, aber warum hast Du denn nichts gesagt, ihr hättet zu zweit weiter machen können, aber vielleicht erklärst Du mir erst mal warum der Polizist so schnell aufgegeben hat." Ich schaute mich genauso erschrocken um wie beim ersten Mal und wieder war keine Spur zu sehen von dem jungen Mann. „He Du Arsch ich spreche mit Dir, glaubst Du mir etwa immer noch nicht, ist Dir das immer noch egal, der Kerl hat Dir doch meine Geschichte bestätigt, was ist bloß los mit Dir", schrie er mich an, so dass ich zusammenzuckte. „Schrei doch nicht so, ich höre Dich ja", fing ich langsam an, sprach aber sehr leise, weil es mir doch sehr unangenehm war vor mich hin erzählend die Straße lang zu laufen, es war aber in diesem Moment niemand in meiner Nähe. „Was willst Du eigentlich von mir, der Polizist hat immerhin recherchiert, dass er dann nicht weiter gekommen ist kannst Du ihm ja wohl nicht vorwerfen, Du warst ja schließlich wieder verschwunden und einen Durchsuchungsbeschluss hätte er sowieso nicht bekommen, er hatte ja nichts in der Hand, nicht einmal eine Anzeige und mit Vermutungen kommt man nicht weit, man braucht schon ein Opfer, um einen Täter zu überführen, also wäre es wohl an Dir zur Polizei zu gehen und Anzeige zu erstatten." „Ach so einfach machst Du Dir das, von einem Verbrechen zu wissen reicht Dir also nicht, das Verbrechen muss an Dir selbst vorgenommen werden, damit Du etwas tust. Du würdest also auch nur zuschauen, wenn ein paar jugendliche Schläger einen alten Mann totschlagen, der Mann könnte sich ja schließlich selber helfen, was bist Du nur für ein Arschloch", klang es mir in den Ohren, wieder schaute ich mich um und erschrak, weil mich von hinten ein junges Paar überholte. Das junge Mädchen entschuldigte sich als sie sah wie ich zuckte, ich winkte aber nur ab und sie gingen weiter. „Die haben mich nicht gehört, keine Sorge, ich spreche nur mit Dir und verlange nur von Dir, dass Du mir hilfst." Ich beschleunigte meine Schritte ein wenig und wäre fasst losgelaufen, sah dann aber ein, dass man vor einer nicht sichtbaren Stimme wohl kaum weglaufen konnte, ich musste mich mit ihr auseinandersetzen und so setzte ich mich erst mal auf eine Bank am Weg. „Pass auf, ich weiß immer noch nicht wer Du eigentlich bist, noch ob an Deiner Geschichte etwas dran ist. Zugegeben der Polizist kennt Dich auch und ein wenig von dem was Du mir erzählst hast hat er bestätigt, mehr aber auch nicht. Was soll ich also Deiner Meinung nach machen? Soll ich zur Polizei gehen und mich selbst zum Kasper machen, oder soll ich wie ein Blödmann durch die Gegend rennen und nach Deinen Peinigern Ausschau halten? Was denkst Du Dir und warum eigentlich ich?? Verschwinde und lass mich in Ruhe." „Also doch nur ein Wegseher, ein Lass mich in Ruhe Mann, einer von vielen, die in der Zeitung von Verbrechen lesen und dann den Kopf schütteln, aber schon beim nächsten Schluck Kaffee alles vergessen haben. Einer von denen, die in die Kirche rennen und glauben damit genügend Nächstenliebe zu praktizieren. Der Mensch ist zum Denken gemacht und nicht um zu vergessen und wegsehen." „ Wieso glaubst Du eigentlich, dass ich Dir helfe, wenn Du mich die ganze Zeit beleidigst, mit Beleidigungen leistet man keine Überzeugungsarbeit, mit Beleidigungen erreicht man lediglich Mitleid. Man wird nicht ernst genommen, weil die Schuld an der eigenen Unfähigkeit auf Andere übertragen werden soll, ich glaube nicht, dass Du das willst." Ich stand auf und ging weiter. Eine ganze Weile blieb es ruhig und dann sagte er „ Ich glaube ich komme wieder, wir beide sind noch nicht miteinander fertig, ich komme wieder und werde weiter fragen, Du kannst nichts dagegen tun, aber jetzt muss ich erst mal los und etwas für Dich arrangieren, also bis dann." Ich hob den Arm, so als wolle ich winken, ließ ihn dann aber wieder sinken, weil es einfach wieder blöd ausgesehen hätte.

4

Eine Stunde später saß ich auf dem Bahnsteig, ich hatte noch eine halbe Stunde Zeit bis mein Zug kam und so beobachtete ich das Bahnhofsleben. Ich saß auf dem für unsereins eingerichteten kleinen Viereck mit Aschenbecher, damit wir niemanden belästigen konnten mit unseren todbringenden Glimmstängeln. Was für ein Witz, aber immerhin kämpft der Staat gegen die Tabaklobby und verringert somit seine Steuereinnahmen zur Terrorbekämpfung. Genau dafür sollten diese ja benutzt werden. Was jeden normal denkenden Menschen ja wieder zum Raucher machen müsste, aber hier verrennt man sich nur in wilden Diskussionen. Mir gegenüber saß eine Zeitung, sie hatte Finger rechts und links und unten auch ein Paar Beine. Sie schien zu rauchen, zumindest zogen Rauchschwaden hinter ihr hoch. Ich schaute sie an und begann zu lesen, zumindest die Überschriften. „Kochen mit 5 € am Tag" und etwas kleiner „Minister ... zeigt wie es geht." Das wird wieder Empörung bringen unter all den ehrlichen Armen in unserem Land, aber die werden diese Empörung für sich behalten. Sie wissen schließlich wie man lebt mit dem wenigen was einem bleibt. Aber die, die den Staat aussaugen, jedes Schlupfloch nutzen. um illegal zu Geld zu kommen, die werden aufschreien, wie ungerecht alles ist, das würde am wahren Leben vorbei gehen, um wirklich leben zu können braucht man schließlich Bezahlfernsehen, man muss ständig erreichbar sein, das verlangt das Amt ja schon von einem, also braucht man ein Smartphone und um dieses grausame einsame Leben überhaupt noch ertragen zu können, muss man mindestens dreimal die Woche in die Kneipe, das muss alles bezahlt werden. Mir wurde ganz flau im Magen, bei diesen Gedanken ende ich immer bei denen, die wirklich leiden auf dieser Welt. Vielleicht sollte man nicht nur auf Zigarettenschachteln abschreckende Bilder machen von Raucherlungen etc.. Vielleicht sollte man auch auf Chipstüten und Schokoladentafeln Bilder zeigen von verhungernden Kindern, von Menschen aus den Slums dieser Welt, welch Illusion. Ich hole meine Schachtel Zigaretten raus und lese, dass ich mich und andere gefährde wenn ich rauche und tue es. Ich schaue die Zeitung wieder an, sie hat

sich inzwischen halbiert und hat einen halben Kopf bekommen. Ich rauche auf und gehe in den nicht isolier-
ten Teil des Bahnsteigs. Mein Zug wird aufgerufen und
ich stelle mich an die Linie auf dem Bahnsteig und lausche ihm entgegen, er kommt rein gerauscht,
quietscht, ruckelt und hält. Die Tür vor mir geht auf und
zwei Jungs springen an mir vorbei auf den Bahnsteig
und laufen Richtung Treppenaufgang. Ich schau ihnen
kurz nach und steige dann in den Zug. Ich habe keine
Platzkarten, sehe aber, dass kaum reserviert wurde und
setze mich in Fahrtrichtung auf einen Fensterplatz. Die
Zeitung setzt sich neben mich, ich erkenne die Finger
wieder und dann den halben Kopf, sie ist inzwischen
zusammengefaltet in der Jackentasche, von wo sie in
das Zeitungsnetz am Vordersitz wandert, damit ist sie
nicht mehr verbunden mit dem Körper, was mich ein
wenig beruhigt. Trotzdem ärgere mich, dass sie sich neben mich gesetzt hat. Es waren doch genügend andere Plätze frei. Ich habe beim Zugfahren gerne meine
Ruhe und ein wenig Platz um mich und überlegte kurz
mich umzusetzen, unterließ es aber. Der Zug setzte sich
in Bewegung. Er fuhr in Richtung eines kleineren Ortes
an der See, von wo aus die Schiffe mehrere Inseln an-
fuhren. Ich werde wohl fünf Stunden unterwegs sein
und die Vorfreude fing langsam an zu wachsen. Die
Zeitung neben mir sollte die Zeit verkürzen, denn auch
sie hatte eine Geschichte zu erzählen.

5

Plötzlich drehte sich das Gesicht der Zeitung zu mir und fragte mich, ob ich sicher sei, dass uns jetzt hier niemand zuhören würde, worauf ich ihn wohl ein wenig sonderbar angeschaut haben muss. Er winkte sofort ab und meinte er hätte sich wohl getäuscht, er dachte er hätte einen intelligenten Mitfahrer entdeckt, aber das war wohl nix. Er wollte schon aufstehen, als ich mich räusperte und zu ihm sagte, er könne ruhig sitzen bleiben und es könnte eine interessante Reise werden. Er sah mir kurz in die Augen und machte es sich wieder bequem, naja eben so bequem wie es in der hiesigen Bahn eben möglich ist, wenn man etwas längere Beine hat. Nun sah er mich wieder forschend an und ich wusste, dass er eine Antwort auf seine Frage von mir erwartete, seine Geduld schien eher mäßig zu sein. Ich rief mir seine Frage zurück in den Kopf und schüttelte ihn vorsichtig aber merklich. Die Zeitung war im Besitz eines Smartphones und legte dieses auf das Ausklapptischchen vor sich. Er deutete darauf und erklärte mir, dass dieses eingeschaltet sei und Dank eines Sattelitensystems jederzeit wisse wo es sich befindet. Es habe eine kleine Kamera mit der man auch kleine Filmchen aufnehmen könne, mit Ton, dann zuckte er die Schultern und endet mit der Frage, wer denn garantieren könne, dass nicht alles zu jeder Zeit eingeschaltet ist und von jedem Computer der Welt angezapft werden kann. Ich denke über die gesagten Worte nach und aus dem Denken wird sinnieren und zwar laut und vor

mich hin, aber wohl doch so leise, dass sich mein Nach-
bar etwas zu mir beugen muss um alles zu verstehen.
„Ja früher wollte ja auch keiner glauben das Telefon-
gespräche unbescholtener Bürger mitgeschnitten wurden sobald ein Schlagwort fiel und davon gab es ja
jede Menge. Angefangen bei all den Nazibegriffen,
doch die waren eher uninteressant, über Begriffe des
internationalen Terrorismus, bis hin zu linksextremen und
der hiesigen Terrorszene, da brauchte man nur -klar
weiß ich Bescheid- sagen, schon war der Staat, zumindest seine Geheimdienste, legitimiert mitzuhören. Da
war man dankbar, dass der eine oder andere Terrorist
einen so brauchbaren Namen hatte. Wenn man solche Behauptungen, dass es solche Bespitzelungen bei
uns gab, äußerte, wurde man vom braven Volk ausge-
lacht und als Spinner abgetan. Wenn es denn tatsächlich so wäre, dann hätte das schon seinen guten
Grund, nuschelte es aus denen heraus, die schon wussten, dass es so war, aber nicht darüber reden wollten",
sinnierte es weiter aus mir heraus. Ich sah aus dem Fenster und sah ein kleines Rudel Rehe auf dem Feld stehen,
ein Stück weiter leuchtete ein goldgelbes Feld und versprach eine baldige Ernte und noch ein gutes Stück
weiter wuchs der Mais auf einer nicht enden wollenden
Fläche. Leider dient dieser Mais nicht als Nahrung, sondern als Energiegewinner, weil für den Bauer profitabler
und schon muss ich wieder an verhungernde Kinder
auf der Welt denken. Ich drehte mich zurück zur Zeitung
und sah wie er den Akku aus seinem Smartphone
nahm. Er sah, dass ich wieder bei ihm war und meinte

das die Dinger ohne Strom sicher nichts mehr anrichten könnten, was uns aber in diesem Zug keine Sicherheit bringen könne, da ja wohl jeder Mitreisende ein solches Gerät dabei habe und mit Sicherheit nicht ausgeschaltet. Der Mensch muss ja stets erreichbar sein in der heutigen Zeit, es könnte ja irgendjemand eine so wichtige Mitteilung für einen haben, die, wenn man sie auch nur fünf Minuten später erhalten würde, schon wieder hinfällig wäre und schon wäre man nicht mehr up to date, wie man so schön sagt. Wir werden uns also damit abfinden müssen das Alles was wir uns zu sagen haben irgendjemand mitbekommt und eventuell seine Schlüsse daraus zieht. Jeder Einzelne muss eigentlich noch viel genauer darauf achten was er sagt, egal zu wem, weil das völlig uninteressant wird. „Ich will ihnen trotzdem etwas erzählen, da wir ja noch eine Weile fahren und möchte sie aber bitten auch aus ihrem Smartphone den Akku zu entfernen", kam es leise aus der Zeitung heraus. Ich überlegte kurz, nahm dann aber mein modernes Abhörgerät aus der Jacke und legte es lahm. Es entstand eine lange Pause, in der ich dem leisen Rattern des Zuges zuhörte, das Rattern musste man sich ein wenig denken, denn eigentlich rauschte es nur, so ist das mit den modernen Zügen halt. Meine Erinnerung half mir das Rattern zu hören. Ich dachte schon die Zeitung hätte es sich anders überlegt und wollte mich gerade ein wenig zurücklegen, als sie mit ihrer Geschichte begann. „Es war vor vielen Jahren, als ich zu einem Hausbesuch gerufen wurde, sie müssen wissen, dass ich Kinderarzt bin, es war schon sehr spät und meine Praxis hatte bereits geschlossen. Ich bearbeitete mit meiner Helferin noch die Quartalsabrechnung und ärgerte mich über die schlecht bezahlten Behandlungen, die ich aus Überzeugung erbrachte und nun wieder mit einem Regress rechnen musste, der mir einen Großteil meines Geldes wieder nehmen würde, als das Telefon klingelte. Ich kannte den Namen nicht und meinte er solle sich doch bitte an den Notdienst wenden, aber er sagte, dass es doch gleich um die Ecke sei und er die Behandlungskosten auch bar übernehmen würde. Jetzt wurde ich stutzig und etwas in mir erzeugte ein mulmiges Gefühl, ich sagte, dass ich noch eine halbe Stunde zu tun hätte und dann bei ihm vorbeikommen könne. Der Mann war erleichtert und bedankte sich. Ich erklärte meiner Helferin die Situation ohne ihr einen Namen zu nennen. Ich wusste natürlich, dass ich nicht gegen Barzahlung behandeln darf, also war ich ein wenig vorsichtig. Meine Situation war schwierig genug, man darf nicht vergessen, dass man von einem Arzt schon einen gewissen Lebensstil erwartet, nicht nur unter Kollegen auch in der Öffentlichkeit. Doch neue Gesetze machen das Geldverdienen für einen ehrlichen Arzt immer schwerer. Dazu kommt die schwierige Startphase nach einem teuren Studium und den Kosten für den Praxisstart. Ich hatte Schulden, war aber angesehen. Meine Helferin meinte ich könne auch gleich losfahren, sie würde den Rest schon alleine schaffen. Ich nahm also meinen Koffer und ging zu meinem Auto, ein nicht ganz billiger Sportwagen. Er brachte mich schnell zu der angegebenen Adresse, es war ziemlich dunkel, doch ich fand eine Klingel. Es dauerte nicht einmal zwei Atemzüge, schon öffnete sich die Tür einen Spalt. Ich stellte mich vor und sofort ging die Tür groß auf. Eine Hand streckte sich mir entgegen und schüttelte die meine. Ich habe ihn in den Keller gebracht, erklärte mir der Mann und ging voraus. Er hätte dort ein einigermaßen gut eingerichteten Raum und er wisse nicht, ob der Junge nicht eine ansteckende Krankheit habe, er wollte den Rest der Familie schützen. Ich versuchte mich umzusehen, es war aber nur sehr schwach beleuchtet und nur ein paar Schritte zur Kellertreppe, mein mulmiges Gefühl wurde ein wenig größer. Ich versuchte mir nichts anmerken zu lassen. Der Mann war anständig gekleidet und hatte eine tiefe ruhige Stimme, die keinen Grund zur Sorge zuließ, sondern vielmehr beruhigte, fast wie die Stimme eines Seelsorgers. Wir gingen in den Keller und tatsächlich schien sich hier ein provisorisches Kinderzimmer zu befinden. Der Junge lag auf einem Bett, was in einer Ecke des Raumes stand. Ich ging direkt zu ihm rüber und setzte mich auf die Bettkante. Der Junge schien völlig abwesend zu sein und hatte offensichtlich hohes Fieber. Nach kurzer Untersuchung stellte ich eine Kinderkrankheit fest, die mit einfachen Medikamenten zu behandeln war. Ich stellte ein entsprechendes Rezept aus und fragte nach der Versichertenkarte des Jungen. Der Mann nahm seine Geldbörse aus der Gesäßtasche und fragte wie viel er mir schuldig sei. Ich überlegte was ich jetzt tun soll, wenn er das Rezept einlöst prüft die Kasse die dazugehörige Behandlung, so einfach ging es also nicht. Ich nahm das Rezept und zerriss es, dann kramte ich in meinem Koffer und fand ein paar mir vom Pharmavertreter überlassenen Packungen, die genau richtig für den Jungen waren. Ich sagte dem Mann was ich bekäme und er zahlte. Zum Abschied sagte ich ihm noch, dass er sich melden solle falls in drei Tagen keine deutliche Besserung eingetreten sei. Auf dem Weg aus dem Haus versuchte ich nochmal einen Blick auf die restliche Familie zu werfen, sie war aber nirgends zu entdecken. Ich vergaß den Jungen und den Mann recht schnell wieder. Jahre später habe ich ihn dann plötzlich wieder gesehen. Ich bin mir zumindest ziemlich sicher, dass er es war. Ich war auf einem Kongress, ein wissenschaftlicher Kongress auf den ich einen Freund begleitet hatte, damit wir nach langer Zeit mal wieder einen Abend gemeinsam verbringen konnten. Der Kongress war für mich völlig uninteressant. Als dann aber plötzlich dieser junge Mann an das Podium geholt wurde, fiel mir sofort die alte Geschichte ein. Ich fragte meinen Freund wer das denn sei und wo er herkäme. Er zuckte aber nur mit den Schultern und meinte, dass er nebenbei gehört habe, dass der Junge von einem Professor entdeckt worden sei und der ihn zu diesem Kongress überredet hatte. Der Junge war wohl irgendwie in einem Keller aufgewachsen, aber genaueres wisse er nicht. Ich hörte gespannt den Ausführungen des Jungen zu, auch wenn ich nicht viel von dem verstand was er da so erzählte. Nach dem die letzte Rede geschwungen war und sich der Kongress auflöste, suchte ich nach dem jungen Mann und plötzlich stand er genau vor mir. Er schien mich allerdings nicht zu erkennen. Ich stellte mich kurz vor und sagte, dass ich ihn vor Jahren mal behandelt habe, wie es ihm und seiner Familie denn gehe. Er sah mich mit großen Augen an und sagte, er habe keine Familie und sein Vater sei vor ein paar Jahren in Thailand ums Leben gekommen. Im nächsten Augenblick war er verschwunden. Ich war ein wenig verstört und dieses mulmige Gefühl von damals war plötzlich wieder da. Ich suchte den Saal ab, fand ihn aber nicht mehr wieder und so verließen wir die Feierlichkeiten und zogen uns an die Hotelbar zurück. Wir schwelgten in alten Erinnerungen und erzählten uns unser Leben zum zigsten Mal. Am nächsten Tag bekam ich diesen jungen Mann nicht aus meinem Kopf. Er hatte so weltfremd gewirkt und irgendwie hatte ich das Gefühl, dass er wohl nicht nur kurz in diesem Keller war. Was konnte ich tun? Ich entschied dann, dass ich wohl besser nichts tun konnte. Ich hatte ja keine Aufzeichnungen von damals und die Adresse zu der ich gefahren war fiel mir ebenfalls nicht mehr ein. Ganz zu schweigen davon, was passieren würde, wenn man dahinter kommt das ich gegen Barzahlung behandelt habe. Es würde in der Zeitung breitgetreten und der Arzt würde wieder als geldgieriger Halbgott dargestellt. Das wir das halbe Quartal für lau arbeiten sieht ja keiner und will ja auch keiner sehen. Sie müssen wissen, dass nur der, der es zu was gebracht hat auch wirklich viel verlieren kann. Ich danke ihnen, dass sie mir zugehört haben und werde an der nächsten Haltestelle aussteigen, die müsste gleich durchgesagt werden und dann werde ich mir wohl einen der nächste Züge mal von vorne genauer ansehen, leben Sie wohl." Der Körper zu der Zeitung nahm diese und stand auf, er nickte kurz, drehte sich und verschwand im Gang. Im gleichen Augenblick wurde der nächste Halt angesagt, die Bremsen griffen in die Reifen und das Quietschen erläuterte für die Umstehenden den nahenden Halt. Der Bahnsteig erschien und die Zeitung setzte sich auf diesem auf eine Bank. Genauso wie dort, wo ich sie das erste Mal gesehen hatte. Durchsagen über Anschlussmöglichkeiten ertönten aus den Lautsprechern und dann zerriss der erwartete Pfiff des Schaffners die Bindung zwischen Bringenden und Reisenden. Der Platz neben mir blieb leer und ich konnte das Gehörte in aller Ruhe auf der weiteren Fahrt verarbeiten. Ich machte es mir so bequem wie es eben geht und schloss die Augen. Wie klein war die Welt, drei Personen und alle irgendwie vernetzt, schon komisch. Ärzte waren mir ein Greul. Nicht nur das ich nicht gerne einen aufsuche, nein diese doppelmoralischen Eliten unserer Gesellschaft, wollen das man zu ihnen aufschaut und jammern dann bei einem Jahreseinkommen von fünf Arbeiterfamilien, dass man sie aussaugt und sie für ihre Arbeit nicht angemessen entlohnt, da kann einem schon mal schlecht werden. Eigentlich muss man genau von diesen Eliten, die ja allein auf Grund ihrer Abiturnote den Nachweis einer gewissen Intelligenz erbracht haben, erwarten, dass sie sich als

Vorbilder darstellen und die richtigen Ideen für die gesamte Gesellschaft propagieren. Aber nein, sie jammern lauter als jeder Hartz IV- Empfänger und verbitten sich diesen Vergleich, natürlich. Ich empfand kein bisschen Mitleid, auch wenn mir mein Gefühl sagte, dass die Zeitung wohl für eine massive Verspätung auf einer Bahnlinie sorgen wird und dabei nicht einmal an den armen Lokführer denkt, der weder etwas dafür noch etwas dagegen tun kann. Tonnen von Stahl bekommt man nur langsam zum Stillstand. So ein Arzt könnte sich viel eleganter verabschieden, hat er ja schließlich gelernt, obwohl, er hat ja auch geschworen Leben zu erhalten und nicht zu vernichten, da ist sein eigenes ja wohl nicht von ausgenommen. Ich krame in meinen Taschen nach meinem Smartphone, um den Gedanken ein Ende zu bereiten muss ich unbedingt dieses Teil wieder zusammensetzen. Dabei fand ich noch ein paar Gummibärchen und fühlte mich sofort wieder wohl. Das Handy piepte und akzeptierte mein Passwort. Ich steckte es wieder weg, dann richtete ich die Augen auf die vorbeirauschenden Landschaften und kurze Zeit später fiel ich in einen leichten Schlaf.

Besucher

Für einen Augenblick hatte ich ihn schon vermisst, jetzt wo ich wieder alleine war und so erschien er mir nun im Traum. Ich sah mich im Zug sitzen, mit dem Kopf an der

Scheibe und schlafen. Und dann tauchten Sprechblasen auf, die durch das Abteil schwebten und dann in meinem Kopf verschwanden und zu seiner Stimme wurden, die in mir explodierte. „Sag nicht Du hast jetzt doch Mitleid mit diesem Kerl, der macht doch für ein paar Euro alles, Hauptsache er kann seinen Lebensstil aufrechterhalten, ich war ihm dabei doch völlig egal. Das war doch die reinste Heuchelei, von wegen er hätte ein komisches Gefühl gehabt, da lach ich doch drüber. Ich sehe noch wie er sein Rezept zerrissen hat, da glänzte Kalkül in seinen Augen, bloß nicht erwischen lassen wegen dem Bengel, blinzelte es mir da entgegen. Wenn ich daran denke, dass ein Arzt nicht stutzig wird, wenn man einen Jungen im Keller abschottet, angeblich um niemanden anzustecken, da wird mir, mit meinem heutigen Wissen ganz anders, damals wusste ich es ja nicht besser, ich kannte ja nichts außer mein eigenes Leben. So und Du, Du schläfst also erst mal, hast wieder nichts gesagt, nur geschluckt. Kommt Dir das denn nicht komisch vor, dass Dir jeder von demselben Jungen erzählt? Willst Du immer noch nichts unternehmen? Ah ja ich sehe schon, schlaf Dich erst mal aus." Und dann sah ich wie Sprechblasen aus meinem Körper aufstiegen und im Abteil verschwanden. „Ich weiß nicht recht, der Mann hat Dir doch geholfen, wie wäre es da mit ein wenig Dankbarkeit oder wärst Du lieber am Fieber gestorben. Plötzlich sind alle schlecht, die nicht gleich los gerannt sind und den Priester oder Pfarrer oder was er war angezeigt haben. Ein Arzt sieht in seinen Notdiensten bestimmt ganz andere Sachen als einen Jungen, der bei einem Pfaffen im Keller ist. Schließlich hast Du nicht auf dem nackten Boden gelegen, sondern in einem Bett und anständig gekleidet warst Du mit Sicherheit auch und sauber sowieso. Das er da ein komisches Gefühl bekommen hat ist doch schon ein Zeichen dafür, dass er noch nicht völlig abgestumpft ist in seinem Beruf." „Na das war ja wieder klar, in Schutz musst Du ihn nehmen, den Halbgott in Weiß, aber nein in Weiß habe ich ihn ja gar nicht gesehen, vielmehr in Blue Jeans, so kommen sie schließlich daher die modernen Ärzte. Gut als er mich das erste Mal gesehen hat, hat er nichts unternommen, schließlich hat er mich behandelt ohne das er es gedurft hätte, zumindest nicht so wie er es gemacht hat. Aber warum hat er nichts unternommen als er mich wieder erkannt hat, da hat er nur Bauklötze gestaunt." „Na hör mal, er hat Dich gesucht, er wollte mit Dir sprechen, wahrscheinlich wollte er Dir helfen, aber Du bist doch gleich wieder abgehauen, Du lässt Dir ja gar nicht helfen." „Ach so, ich bin selber Schuld wenn ich mir nicht helfen lasse, wer sagt denn, dass er mir helfen wollte, er wollte doch nur sein Gewissen rein waschen, weil er damals nichts unternommen hat, nichts anderes wollte er von mir und deswegen bin ich weg, das bekommt er von mir nicht reingewaschen, das nimmt er wie es ist mit ins Grab und dann kann er erklären warum er da so ein schlechtes Gewissen mitbringt, in den Himmel und wird dann hoffentlich abgewiesen und nix mit Paradies und so." Ich sah wie ich meinen Kopf hin und her schmiss, immer heftiger, hin und her, hin und her, dann flog er gegen die Scheibe, der ganze Zug schien bereits zu wackeln, dann färbte sich die Scheibe rot, er war geplatzt, der Kopf und eine letzte Sprechblase kam heraus „Bis später."

6

Ich wachte schweißgebadet wieder auf, die Menschen auf den anderen Sitzen wedelten sich Luft zu, der Zug stand, aber leider nicht auf einem Bahnhof sondern mitten auf einem Feld. Ein Zug mit nicht funktionierender Klimaanlage ist in der heutigen Zeit auch bei nur etwas wärmeren Temperaturen eine Qual. Es gibt ja keine Fenster mehr zum Öffnen, nur zum Einschlagen und das natürlich nur im Notfall, aber was ist ein Notfall. Da konnte eine falsche Einschätzung im Nachhinein schon etwas teurer werden, also entschloss ich mich zu warten. Weiter vorne in meinem Wagon schreien zwei Kleinkinder um die Wette, irgendwo stöhnt jemand leise vor sich hin und zwei drei Reihen vor mir mault einer lauthals den armen Schaffner an, der gerade an ihm vorbei gehen will. Er solle gefälligst die Temperatur regeln und zusehen, dass der Zug weiter fährt, schließlich habe er fürs ankommen und nicht fürs rumstehen bezahlt. Der Schaffner versuchte zu beruhigen und meinte es würde gleich weiter gehen, aber den Defekt der Klimaanlage könne man erst im nächsten Bahnhof beheben. Der Mann schrie hinter ihm her, dass das ein Nachspiel haben würde, dafür werde er schon sorgen. Ich dachte so bei mir was er denn tun will, den Schaffner verklagen, dass er den Zug nicht weiter schiebt und gleichzeitig an seinem Platz steht und ihm mit einem Palmenwedel Luft zu fächert, absurd. In so einer Situation heißt es doch ruhig zu bleiben, sich um die kümmern, denen es wirklich gesundheitlich schlecht geht und abzuwarten bis es weiter geht. Panik verbreiten hilft niemandem. Ich schaue also weiter aus meinem Fenster und versuche zu erkennen was der Grund für unseren Stillstand sein könnte, kann aber nichts erkennen. Der Zugführer meldet sich zu Wort, er entschuldigt sich für den Zwischenfall, es würde aber in Kürze weiter gehen, wir sollten auf unseren Plätzen bleiben, wo auch sonst. Nach gefühlt einer halben Stunde, aber realen zehn Minuten, geht es weiter und ich lausche zufrieden dem Gespräch der Räder mit den Schienen. Unterbrochen werde ich immer wieder, wenn der Schaffner durch den Gang kommt und von dem penetranten Herrn weiter angepöbelt wird. Da gehört schon was dazu, das zu ertragen ohne auszurasten und das bei dem Gehalt. Ich frage mich ob auch mal jemand freundlich zu dem Schaffner ist, ob er eventuell sogar mal so etwas wie ein Trinkgeld erhält und beschließe ihm vor dem Aussteigen noch etwas zuzustecken. Wir nähern uns meinem Reiseziel zumindest meinem Vorläufigen, von dort geht es noch ein Stück weiter mit dem Schiff. Ich weiß nur noch nicht, ob ich das an diesem Tag noch schaffe oder ob ich bis morgen warten muss, ich habe mich im Vorfeld ja nicht um die Gezeiten gekümmert, aber ich hatte ja Zeit. Der Zugführer kündigt den Zielbahnhof an und bittet alle Reisenden auszusteigen, er wünscht uns allen eine angenehme Weiterreise und einen schönen Tag. Ich steige aus und gucke nach dem Schaffner, er steht eine Tür weiter hinten und ich gehe zu ihm und strecke ihm einen Fünfer hin und bedanke mich für die Ruhe, die er verbreitet hat. Er schaut mich verdutzt an und ruft mir dann doch noch ein vielen Dank hinterher, da ich mich sofort umgedreht hatte und bereits auf dem Weg zum Schiffsanleger war, ich hatte das Gefühl etwas Richtiges getan zu haben und sah einen Mann neben mir, der nur den Kopf schüttelte. Es muss der Meckerer gewesen sein und ich bremste meinen Schritt. Als ich am Schiffsanleger ankomme ist dort eine Menge Trubel. Ich schaue in Ruhe auf den Fahrplan und sehe, dass in einer halben Stunde die letzte Fähre für den heutigen Tag ablegt. Ich besorge mir ein Ticket und setze mich auf eine Bank. Die Möwen verbreiten ihr immer gleiches Geschrei. Sie könnten eine Abart der menschlichen Rasse sein, es hört sich nach ewigem nicht genug kriegen an und jede möchte lauter meckern wie die Andere, wie bekannt mir das vorkommt. Ich beobachte einige Leute die mit ihren Koffern ankommen, diese auf die dafür vorgesehenen Gepäckwagen stellen und sich dann Richtung Schiff begeben, um sich die besten Plätze an Bord zu sichern, obwohl das Schiff noch gar nicht da ist und sicher auch nicht voll werden wird. Dann sehe ich das Schiff von der Insel kommen, es ist halbvoll und die Menschen an Bord sehen erholt aus, was mir die Hoffnung gibt, dass es mir in ein paar Wochen genauso geht. Es macht noch eine Drehung um dann rückwärts an den Anleger zu fahren, die Taue fliegen an Land die Brücke wird angelegt und die Passagiere strömen vom Schiff, was anfangs natürlich nicht so leicht ist, weil die, die aufs Schiff wollen ja erst mal nicht begreifen wer hier jetzt Vorfahrt hat, stehen ja keine Schilder. Schließlich machen sie doch Platz und die Leute können an Land. Als ich sehe das alle an Land sind stehe ich langsam auf, nehme meine Tasche und begebe mich an Bord. Sofort merke ich das leichte schwanken unter meinen Füßen und bin mir für einen Augenblick unsicher, ob es das Richtige ist auf dieses Schiff zu gehen, gehe aber weiter und suche mir einen Platz an Deck. Ein paar Neulinge, die es immer wieder gibt, füttern die Möwen und werden anschließend von ihnen beschissen, doch lernen tun sie daraus nicht. Ich sitze glücklicherweise weit genug weg, um verschont zu bleiben, die Kinder an Bord freut es zumindest. Das Schiff legt ab und das Schaukeln zu. Langsam wird der Abstand zum Ufer immer größer und ich drehe mich in die andere Richtung und schaue zur Insel rüber, eine halbe Stunde steuern wir genau auf die Mitte zweier Inseln zu, um dann abzubiegen und in einem großen Bogen zum Hafen der Einen weiter zu fahren. An dieser Stelle schaukelt das Schiff besonders und ich habe Mühe mich abzulenken. Ein weiteres Mal schaukelt es kräftig, als uns eine entgegenkommende Fähre passiert. Nach etwa eineinhalb Stunden legt die Fähre an, der Steg wird ans Schiff geschoben und die Passagiere strömen an Land. Einige warten und halten Schilder mit verschiedenen Hotelnamen nach oben. Ich gehe an ihnen vorbei über den Platz und rein in die kleine Stadt, die kurz hinter dem Hafen beginnt. Ich suche mir ein Hotel an dem draußen -Zimmer frei- angeschlagen ist und miete mich für erst mal zwei Wochen ein. Sage aber gleich, dass ich eventuell länger bleiben werde. Man sagt mir, dass das kein Problem sei, das Zimmer ist bis auf weiteres frei. Es ist nicht das größte und mit einem altmodischen Teppich ausgelegt, hat aber ein Bett, einen Sessel und einen kleinen Schreibtisch, das reicht mir, ach ja und ein Kühlschrank ist auch vorhanden, perfekt. Ich lege mich auf das Bett und überlege was ich jetzt tun werde. Fürs Erste blieb ich liegen und muss wohl auch eingeschlafen sein, als ich mich nämlich das nächste Mal im Zimmer umschauen will ist es bereits dunkel. Ich stand auf und ging über den Gang zum Treppenhaus und dann nach unten. Ich bemerkte, dass ich den Tag noch nicht viel gegessen hatte und hoffte inständig, dass es im Hotel noch etwas gab. Ich ging an der Rezeption vorbei und in das zum Hotel gehörende Restaurant, es waren noch einige Tische belegt und so setzte ich mich in eine Ecke und wartete auf den Kellner. Es war eine Kellnerin die mir die Speisekarte gab und sich nach meinem Getränkewunsch erkundigte. Ich nahm die Karte und bestellte ein Bier. Als das Bier kam hatte ich mich für ein Fischerfrühstück entschieden und freute mich auf Bratkartoffeln überhäuft mit Krabben und einem Spiegelei. Ich sah mich ein wenig um und entdeckte nur fröhliche Menschen die an einem Urlaubsabend die Zeit genossen, so sollte es überall sein. Mein Frühstück kam und es war ein riesiger Teller, ich stürzte mich mit Freude hinein. Als ich den letzten Rest vom Teller gekratzt hatte und ihn zufrieden zur Tischmitte schob, mein Bier austrank und mich zurücklehnte, kam die aufmerksame Kellnerin an meinen Tisch und fragte, ob sie mir noch etwas Gutes tun könne, ich dachte kurz nach und bestellte dann einen Schnaps und ein weiteres Bier. Der Abend plätscherte so dahin und ich war froh nicht noch einmal angesprochen worden zu sein. Ich bezahlte und ging noch eine kleine Runde an den Strand, einige Paare schlenderten umschlungen durch die Dünen, ansonsten war nichts mehr los. Ich lauschte dem Meer, zog die Schuhe aus und ging ein paar Schritte durchs Wasser, es war herrlich. Als ich wieder am Hotel angekommen war, waren die Lichter im Restaurant bereits erloschen und die Kellnerin kam gerade aus der Tür. Ich fragte sie, was sie denn jetzt mit dem angebrochenen Abend mache. Sie lachte und meinte zumindest nicht mit einem fremden Urlauber noch Einen trinken gehen und verabschiedete sich, schade eigentlich. Ich ging auf mein Zimmer und legte mich ins Bett, es dauerte keine Viertelstunde und ich war schon wieder am Schlafen.

7

Die Sonnenstrahlen, die direkt durch mein Fenster auf mein Bett fielen, weckten mich auf. Ich musste in den nächsten Tagen daran denken die Gardine zuzuziehen bevor ich schlief. Ich ging unter die Dusche, rauchte anschließend eine Zigarette auf dem zum Zimmer gehörenden Balkon. Nun ja Balkon ist übertrieben, man konnte beide Füße nebeneinander nach draußen stellen und an der Wand war ein Aschenbecher angebracht und das Ganze war mit einem Geländer gesichert. Aber immerhin war es somit ein Raucherzimmer. Es ist ja nicht einmal selbstverständlich, dass man in den eigenen vier Wänden rauchen darf, ohne dass einem das Mietverhältnis gekündigt werden kann, was für eine absurde Welt. Was nützt denn auch totale Überwachung, wenn man keine Regeln aufstellt, die man dann überwachen kann und in den Wohnungen der Menschen könnte man noch so einiges verbieten, das muss beim Rauchen nicht aufhören. Man kann festlegen wann der Fernseher laufen muss, wann er laufen kann und wann er aus zu sein hat. Die Küche darf auch nur zu bestimmten Zeiten genutzt werden und Musik hören ist tabu, dafür werden schließlich Konzerte gegeben und die soll man besuchen. Reden kann man zu Hause ja schon lange nicht mehr, das brauchen sie einem gar nicht erst verbieten, wer sich ungestört unterhalten will muss schon Zug fahren oder ans Meer gehen und immer das Handy zu Hause lassen, aber warten wir es ab, das Tragen eines Smartphones wird ab einem

Alter von vier Jahren Pflicht und wer ohne erwischt wird, den sperrt man am besten gleich unter Terrorverdacht ein. Staatsfeinde brauchen wir auch heute nicht. Ich rauche also auf meinem dafür vorgesehenen Vorsprung und lausche dem Rauschen des nahen Wassers. Anschließend begebe ich mich in den Frühstücksraum und lasse mir einen Tisch zuteilen. Ich ordere Kaffee und die Kellnerin vom Vorabend bringt ihn mir, sie lacht mich an und verschwindet. Ich freue mich ein wenig und gehe zum Buffet, die Auswahl ist ausreichend und so frühstücke ich eine Stunde und überlege mir an diesem Tag den südlichen Teil der Insel zu erkunden. Ich gehe zurück auf mein Zimmer, benutze nochmal die Toilette, ziehe mich um und mach mich dann auf den Weg. Der Wind ist kühler als die Tage zuvor und so ziehe ich die Jacke an und nehme mir einen Schal mit. Nach ein paar Schritten aus dem Ort bin ich ziemlich alleine, nur ab und zu begegnet mir ein anderer Wanderer. Es ist wunderbar, auf dem Weg zur Südspitze komme ich an einem kleinen See vorbei, der dort auf der Insel ist. Hier nisten seltene Vögel und ich setze mich auf eine Bank auf der ich nicht lange alleine bleibe. Eine ältere Dame fragt mich, ob es mich stören würde, wenn sie sich zu mir setzen würde. Ich schüttele den Kopf und rückte ein Stück zur Seite. Das Gezwitscher bekannter und weniger bekannter Vogelarten hallt über das Wasser und ab und an landet einer entweder laufend oder sich einfach ins Wasser fallenlassend, ein sehr unterhaltsames Schauspiel. Die Dame kramt ein Opernglas aus ihrer Tasche und schaut über den See.

Sie geht schon lange nicht mehr in die Oper, fängt sie an mir zu erzählen, seitdem sie nicht mehr arbeiten und von der Rente leben müsse ist dafür einfach kein Geld mehr da. Sie wolle sich aber nicht beklagen, immerhin könne sie ja hier sitzen und das Glas nutzen, um die komischen Vögel, und was anderes stand ja selten auf der Bühne, zu beobachten, das Gezwitscher ersetzt die Musik, manchmal schlägt es sie sogar um einiges. Zum anderen habe sie genug zu essen und ein Dach über dem Kopf, das wissen die jungen Leute von heute nicht mehr einzuordnen. Das ist alles völlig selbstverständlich. Da wird schon gejammert, wenn man kein Bezahlfernsehen gucken kann, wenn man schon keinen Job hat. Sie würde all die Eltern auch nicht verstehen, die ihren Kindern nichts mehr von Werten beibrächten. Das wäre doch wichtig, das braucht man doch um in dieser Welt überhaupt klar zu kommen. Ich sitze nur da und nicke und schaue den Vögeln weiter zu. Sie habe sich alleine durch das Leben gekämpft, ja es war so manches Mal ein echter Kampf, erzählt sie weiter. Als junges Mädchen war sie verliebt gewesen, doch wie das ist wenn die Ausbildung beginnt, da treibt es den einen hierhin und den anderen dorthin und so war es mit der Liebe bald vorbei, nur hatte sie ihr Herz verloren und es danach nicht mehr wieder gefunden, so sehr sie sich auch bemühte und danach suchte. Es gab dann nur noch Bettbekanntschaften, die kamen und gingen und manchmal flogen sie auch im hohen Bogen einfach raus. Sie hatte einen guten Job den sie gerne machte und der auch die ganzen Jahre sicher war und so konnte sie ganz gut alleine leben. Eine Bettgeschichte blieb dann nicht so folgenlos wie die anderen und sie bekam ein Kind, Eltern hatte sie keine mehr und so musste sie zusehen wie sie das kleine Mädchen und den Job unter einen Hut brachte. Der beteiligte an dem Kind wollte damit nicht wirklich was zu tun haben, zahlte aber, was ein wenig half. Vorübergehend war sie halbtags tätig, um später dann wieder zurückzukehren in den Vollzeitjob. Sie hatte ihrem Arbeitgeber in dieser Zeit wirklich zu danken. Einen rechtlichen Anspruch auf einen Krippenplatz gab es noch nicht, aber es ging auch so. Die Kleine wurde groß und sie hatte sicherlich zu wenig Zeit mit ihr verbracht, ihr zu viel Freiraum gelassen, aber Respekt vor dem Eigentum Anderer und anderen Personen gegenüber hatte sie ihr beigebracht. Nur Verantwortung übernehmen, das wollen die jungen Leute von heute auch kaum noch, es geht ihnen doch so gut, warum sollten sie denn für irgendetwas die Verantwortung übernehmen, nein das ist uncool. Es kam wie es kommen musste, die Tochter kam eines Tages nach Hause und weinte und weinte. Erst nach zwei Stunden war es soweit, dass ich ihr verheultes Gestammel einigermaßen verstehen konnte. Sie war schwanger und wusste nicht von wem. Zu diesem Zeitpunkt war sie siebzehn Jahre alt. Wir saßen die ganze Nacht zusammen und danach noch viele Nächte. Ich sagte ihr, dass wir das schon hinkriegen und sie weinte und schaute mich flehend an. Es wurde ein Junge und ich arbeitete wieder halbtags, damit meine Tochter ihre Ausbildung fortsetzen konnte. Sie schaffte den Abschluss und bekam einen Job. Sie lernte einen jungen Mann kennen und verliebte sich und eines Tages kam sie zu mir, eigentlich wollte sie mir den Jungen bringen. Stattdessen erklärte sie mir, dass sie eine Lösung gefunden habe und dem Jungen würde es jetzt bestimmt viel besser gehen. Ich verstand erst nicht was sie da sagte und als ich es endlich verstand und sie fragte, ob sie denn den Verstand verloren habe, lachte sie mich nur an. Es sei ihr Kind und ihre Verantwortung und deswegen habe sie handeln müssen. Dem Jungen ginge es jetzt besser bei dem Priester, dann rannte sie raus. Das Ganze ist jetzt auch schon wieder viele Jahre her und ich habe anfangs nach dem Jungen gesucht, ich bin durch die Kirchen gegangen, habe die meisten Pastoren angesprochen, doch nirgends wurde ein Junge abgegeben. Ich wusste nicht was ich denken sollte und schon gar nicht was ich machen sollte. Sollte ich eine Vermisstenanzeige aufgeben und damit meiner Tochter in den Rücken fallen, aber was war mit dem Jungen wirklich passiert, hatte sie ihn verkauft oder gar umgebracht. Ich glaubte meine Tochter so gut zu kennen, dass ich das für mich ausschloss. Trotzdem flehte ich sie immer wieder an, mir doch zu sagen wo er sei. Eines Tages gab sie mir ein Foto, er war größer geworden, es war in einem Raum gemacht, der offensichtlich keine Fenster hatte, sonst war nichts zu erkennen. Aber es war ein Lebenszeichen und augenscheinlich hatte meine Tochter noch Kontakt. Es war das letzte was ich von dem Jungen gesehen oder gehört habe. Sie schwieg, dann nahm sie ihr

Opernglas und glitt damit über den Teich. Ein Graureiher stand am Ufer und starrte aufs Wasser. Gedankenverloren erhob ich mich und nickte ihr nochmal zu, einige Tränen liefen ihr übers Gesicht, doch ich war kein Mensch tröstender Worte und so trugen mich meine Schuhe weiter. Ich verließ das Teichgebiet und stampfte durch die Dünen bis an den Strand, dort ging ich bis an den äußersten Zipfel der Insel und stellte mich in den Wind. Salzige Luft blies mir durch mein Haar und ich atmete tief. Dieser Junge verfolgte mich. Wie konnte das sein? So viele Zufälle gibt es nicht im Leben, da war ich mir sicher. Aber wer sollte das so koordinieren und warum, was sollte ich tun, man konnte doch von mir nicht erwarten, dass ich zum Retter werde, ich hatte meine eigenen Probleme, dann pfiffen die Möwen die Gedanken aus meinem Kopf und ich genoss das wunderbare Meer und alles was dazu gehört. Als ich merkte, dass sich das Wasser um mich herum schlich und meinen Standort zu einer Sandbank machen wollte, brach ich auf und ging am Strand zurück, damit war ich zum Glück dann eine ganze Weile beschäftigt.

Besucher

„Was hast Du nur für komische Gedanken? Ich koordiniere das Ganze, ich schicke Dir all die Leute und jetzt frage ich Dich wieder, warum hat die Frau, die ja wohl meine Oma ist, nichts unternommen? Sie hätte ja wohl auf jeden Fall nach mir suchen müssen, ja sie hätte zur Polizei gehen müssen, damit die meine Mutter zwingen zu sagen wo ich bin. Warum hat sie es nicht getan? Und wieso bist Du einfach aufgestanden und hast die Frau zurückgelassen? Du hättest ihr eine rein hauen müssen und zwar richtig. Warum hast Du das nicht getan?" Ich erschrak inzwischen nicht mehr, wunderte mich nur über mich selbst, dass ich nicht schon auf die Stimme gewartet hatte. Sie ist wie vergessen wenn ich eine andere Person treffe und die mir wieder etwas erzählt und die Erinnerung kommt immer erst, wenn sie wieder zu mir spricht. Da war sie also wieder und sie hatte natürlich Recht. Inzwischen konnte es ja wohl keinen Zweifel mehr geben, dass an der Geschichte etwas dran ist. Nur wollte ich nicht einsehen warum ich etwas damit zu tun haben sollte. Warum werde ich da hinein gezwungen? Wer hat sich das ausgedacht oder besser, wer hat ausgerechnet mich ausgesucht? Das machte mich unruhig. „Na Du hast gut reden, eine alte Frau schlagen, wie käme ich denn dazu, o.k. ich hätte sie mit Fragen schlagen können, aber auch ich muss das alles erst mal verarbeiten Plötzlich erzählt mir jeder der mir über den Weg läuft eine Geschichte, die sich um einen Jungen dreht und bei allen hört es sich so an, als wenn es der selbe Junge wäre. So etwas gibt es doch gar nicht, und zu allem Überfluss spricht der Junge auch noch selber mit mir. Hör mal, in meiner normalen Welt gibt es so etwas nicht, verstehst Du mich, ja? Die arme Frau hat ihrer Tochter vertraut, das mag für Dich

komisch klingen, aber so etwas gibt es. Natürlich hatte sie hin und wieder Zweifel, aber sie war sich sicher, dass sie ihre Tochter kennt und wusste, dass sie dem Kind nichts Böses wollte. Ich glaube auch, dass die Tochter der Überzeugung war etwas Gutes und Richtiges getan zu haben. Sie hätte das Kind wahrscheinlich vernachlässigt. Sie hat ein neues Leben begonnen und einen aus ihrer Sicht guten Weg für den eigenen Jungen gefunden. Ein Priester, da ist der Junge sicher und wird gut und christlich erzogen. Da hat er nicht von vorne herein verloren, so wird sie das gesehen haben."
„Stopp, stopp, stopp das ist ja alles toll und schön, aber ist es nicht Mutterpflicht sich zu erkundigen, ob wirklich alles so läuft wie sie es sich vorgestellt hat, oder kann eine Mutter auch einfach sagen, aus den Augen aus dem Sinn und sich ihrem eigenen Leben widmen. Entschuldige, das sehe ich mit meiner allzu christlichen Erziehung nicht so. Wenn man ein Kind auf die Welt bringt hat man eine Verpflichtung, die man niemals ganz aus der Hand geben darf. Wenn man ein Kind schon weggibt, so ist man trotzdem noch in der Pflicht dafür Sorge zu tragen, dass es dem Kind auch wirklich gut geht. Diese Verpflichtung wird man niemals los." Ich hatte mich inzwischen in die Dünen gelegt und wusste, dass der Junge Recht hatte. Wenn man Mutter geworden ist, dann ist das für die Ewigkeit so, davon kann man sich nicht mehr befreien. Das ist den jungen Mädchen nicht immer klar oder die Bedeutung hat ihnen meist keiner beigebracht, da liegt der Hund begraben. „Sie

hat mit Sicherheit geglaubt, dass Richtige getan zu haben, ein Priester, mein Gott, wem soll man mehr vertrauen. Und sie muss sich doch nach Dir erkundigt haben, schließlich hatte sie ein Bild, auf dem Du älter bist und auf dem Du gut ausgesehen hast. Wie hätte sie da Zweifel bekommen sollen? Wahrscheinlich wollte sie Dich nicht verunsichern. Du warst noch so klein, dass Du Dich noch nicht so sehr an die Mutter gewöhnt hattest. Wenn Du sie aber ständig gesehen hättest, wären Dir doch auch Fragen in den Kopf gekommen. Warum sie nicht bei Dir ist oder Du nicht bei ihr? Das wollte sie vermeiden." „So ein Bullshit, sie war froh mich los zu sein und vögelte sich munter weiter durch die Welt. Wer weiß wie viele Kinder sie inzwischen irgendwo abgegeben hat. Das solltest Du mal herausfinden, anstatt hier rum zu liegen und die blöde Schlampe in Schutz zu nehmen, Du kennst sie genauso wenig wie ich." „Ja und wie soll ich das Deiner Meinung nach anstellen, dazu brauch ich mal Namen. Der Priester ist tot, der kann mir nichts mehr sagen, selbst wenn ich seine Gemeinde finde. Einen anderen Ansatz sehe ich nicht, also wie soll ich das anstellen, mal vorausgesetzt ich wollte es überhaupt, kannst Du mir das vielleicht mal erklären." Ich schaute mich um und wartete auf eine Antwort. Schließlich stand ich auf, wischte mir den Sand von den Beinen, schüttelte die Jacke aus und machte mich auf den Weg. „Lass Dir was einfallen Du Arsch, nur warte nicht zu lange", kreischte es in meinem Kopf und dann war Ruhe, im Kopf, draußen schlug Wasser aufeinander und schob Muscheln über den Sand, ich ging schneller.

8

Direkt auf den Kurplatz, wo es in Kürze ein Kurkonzert geben sollte. Ich suchte mir einen freien Platz am Rand und setzte mich hin. Erst jetzt merkte ich wie lange ich doch wieder auf den Beinen war und entspannte meine müden Knochen. Zum Glück hatte ich noch eine Flasche Wasser bei mir und so gab es auch noch eine innere Erholung dazu. Die Musiker kamen auf die Bühne und stimmten ihre Instrumente, dann spielten sie ein paar bekannte Stücke. Es war etwa die Hälfte der vorhandenen Plätze besetzt, zwischendurch gab es ehrlichen Applaus. Für einige Augenblicke vergaß ich den Jungen und genoss das Konzert. Als es zu Ende war blieb ich noch eine Weile auf meinem Platz sitzen, rund um mich herum standen die Leute auf, richteten ihre Kleider und machten sich dann auf den Weg, sie strömten in alle Richtungen vom Platz. Eine Reihe weiter vor mir saß noch ein älterer Herr, den Kragen eng zugezogen und einen Hut auf dem Kopf. Er drehte sich zu mir um und fragte ob ich Lust hätte eine Partie Schach mit ihm zu spielen. Ich hatte und wir gingen in den Park zur Schachanlage und freuten uns, als wir sahen, dass gerade keiner spielte. Er sagte, er sei seit zwei Wochen auf der Insel und so langsam könne er abschalten, er bräuchte immer eine gewisse Zeit. Dann fragte er, was mich auf die Insel getrieben hat und ich sagte ihm, dass es die Sehnsucht nach Meer und Ruhe war und er nickte. Wir stellten die Figuren auf und er zog den weißen Königsbauern nach e4, das Spiel hatte begonnen. Ich merkte recht schnell, dass er ein geübter Spieler war und erkannte einige mir selbst bekannte Zugkombinationen wieder, so dass es ein sehr ausgeglichenes Spiel wurde. Als nur noch jeweils drei Figuren auf dem Feld standen überlegte er sehr lange, er setzte sich auf die Bank, dann rannte er einmal ums Spielfeld, dann saß er wieder. Plötzlich sprang er auf gab mir die Hand und sagte: „Einigen wir uns auf ein Unentschieden, einverstanden?" Ich überlegte kurz, wusste aber schon seit ein paar Zügen, dass es darauf hinaus lief und nickte. Die Hände schüttelten sich und trennten sich dann wieder. „Sie sind doch bestimmt noch länger auf der Insel, lassen sie uns morgen um die Zeit wieder eine Partie spielen." Ich sagte: „Das ist eine gute Idee, ich werde hier sein." Wir setzten uns auf die Bank für die Zuschauer und gaben das Feld frei. Sofort standen zwei Herren auf, die uns bereits seit einer halben Stunde zugeschaut hatten, und stellten die Figuren neu auf. Wir sahen ihnen eine Weile zu, bis der Mann zu mir sagte: „Ich habe sie heute am Strand gesehen, bevor sie hier her gekommen sind, sie haben in einer Düne gelegen und vor sich hin erzählt. Keine Sorge ich habe sie nicht belauscht, das Wasser war laut, aber es sah aus, als wenn sie sich mit jemanden unterhalten hätten. Ich dachte erst sie hätten vielleicht so ein Knopf im Ohr und würden telefonieren, aber davon war nichts zu sehen." „Da muss ich wohl in Gedanken gewesen sein, das passiert mir in letzter Zeit öfter, ich hoffe ich habe sie nicht gestört" antwortete ich. „Nein, ich fand es nur merkwürdig, wahrscheinlich liegt es an meinem Beruf, dass ich so auf die Menschen achte. Vor allem wie sie sich verhalten, ich bin Psychologe müssen sie wissen." Auch das noch, so langsam reichte es mir und ich ahnte, dass er mir gleich von einem Jungen erzählen wird. Nur, woher wird er ihn gekannt haben? Eine gewisse Neugier überkam mich doch und ich schaute ihn an und wartete. „Oh jetzt habe ich Sie verschreckt, das wollte ich nicht, vergessen Sie einfach was ich gesagt habe und erholen Sie sich, dafür sind Sie schließlich auf die Insel gekommen, nehme ich an." Hm, war das alles, vielleicht sollte ich diesmal die Geschichte erzählen und fragen was er davon hält, ich überlegte kurz. Ich fragte den Mann, ob er schon eine Verabredung für den Abend habe und er verneinte. Eine Stunde später wollten wir uns in einem ruhigen Lokal wieder treffen. Ich ging zu meinem Hotel und überlegte zu duschen, ließ dann aber doch Wasser in die Wanne laufen und legte mich für eine Viertelstunde hinein. Ein kaum zu überbietender Genuss. Ich liebe es, wenn die Wärme in die Knochen kriecht, es ist eine vollkommene Entspannung. Vorsichtshalber habe ich mir den Wecker gestellt, damit ich nicht nach der Wanne gleich wieder los musste. Direkt nachdem ich aus der Wanne steige umgibt mich immer ein gewisser Erschöpfungszustand, der erst nach einer kurzen Zeit wieder vergeht und ich mich wie neugeboren fühle. Ich saß auf dem Sessel und schaute aus dem Fenster, irgendwie rechnete ich mit der Stimme des Jungen. Vielleicht erwartete ich seine Zustimmung, dass ich die Geschichte weiter erzählen darf. Irgendwie musste ich eine Zweitmeinung zu all dem Gehörten bekommen bevor ich mich dazu hinreißen lasse tatsächlich etwas zu unternehmen. Ich wusste zwar noch nicht annähernd wie das aussehen sollte, aber darüber konnte ich ja vielleicht auch mit dem Herrn sprechen. Hoffentlich hält er mich nicht gleich für einen Patienten, wir werden sehen. Ich stand auf und zog mir frische Sachen an, kämmte mir noch einmal die Haare und ging in Richtung Restaurant. Als ich um die letzte Ecke bog und den Eingang des Lokals sehen konnte, sah ich wie der Mann gerade hinein gegangen war, das passte. Ich legte einen Schritt zu und betrat den Schankraum noch bevor der Mann sich einen Tisch gesucht hatte. Er blickte sich um und begrüßte mich mit Handschlag, wir nahmen einen Tisch im hinteren Teil des Raumes, wo wir ein wenig ungestört waren. Der Kellner brachte uns die Speisekarten und wir suchten uns beide ein Fischgericht aus, davor gab es noch ein kleines Krabbensüppchen und um das ganze abzurunden bestellten wir einen passenden Wein, der kurz darauf in unseren Gläsern funkelte. Wir stießen an und wünschten uns einen geselligen Abend. Ich sagte: „Ich möchte Ihnen eine Geschichte erzählen, die man mir in den letzten zwei Tagen aus verschiedenen Richtungen zugetragen hat. Ich würde gerne ihre Meinung dazu hören und vielleicht kann ich Ihnen dann auch noch erklären was es mit dem Selbstgespräch in den Dünen auf sich hatte. Aber nur wenn es Ihnen Recht ist, ich möchte Sie auf keinen Fall belästigen." Er sah mir in die Augen und meinte: „So etwas in der Art habe ich mir schon gedacht. Natürlich macht es mir nichts aus, solange Sie keine Behandlung von mir erwarten höre ich mir Ihre Geschichte gerne an, aber erst nachdem wir gegessen haben, bitte." „Selbstverständlich, essen wir erst" und schon wurde die Suppe serviert. Wir löffelten sie schweigend und stellten anschließend gemeinsam fest, dass sie ausgezeichnet war. Ich sagte ihm, ich würde vor dem Hauptgang noch kurz eine Zigarette rauchen gehen und er schloss sich mir an. So standen wir kurz vor dem Lokal und beobachteten rauchend die vorbei rauschende Schar an Inselbesuchern. Lauter Menschen auf der Suche nach Erholung für ein bis zwei Wochen, abgeschnitten von der Welt auf einem Eiland. Kaum einer von denen würde es hier viel länger aushalten, sie würden anfangen sich zu langweilen, sie hätten alles gesehen und das Wasser würde sie einsperren auf dieser Insel, nach vier Wochen würden sie verrückt werden. Ich bin eigentlich viel lieber im Herbst und Winter hier, wenn nur noch die Insulaner da sind, die die sich hier wohl fühlen, die hier zu Hause sind, die die woanders nicht leben könnten in all dem Krach und Lärm. Ich kann wochenlang dick eingepackt durch den Wind stiefeln ohne eine Menschenseele zu sehen um anschließend in der Wanne wieder aufzutauen. Die Zigaretten wurden ausgedrückt und wir gingen wieder an unseren Tisch. Das

Lokal hatte sich im vorderen Bereich bereits gefüllt, aber unsere Nebentische blieben frei. Der Fisch kam und war in Qualität und Zubereitungskunst nicht zu schlagen. Wir aßen auch diesen schweigend auf und schoben die leeren fast sauberen Teller zur Tischmitte. Wir bestellten noch einen Espresso, den wir kurz mit nach draußen nahmen. Anschließend setzten wir uns, bestellten nochmal Wein nach und ich erzählte ihm die ganze Geschichte bis hin zur alten Frau an dem Teich. Ausgelassen habe ich die Gespräche mit dem Jungen, die nur in meinem Kopf stattfanden. Er sah mich an und dann eine Weile auf die Tischplatte. Ich hatte den Eindruck, dass er schwer geschockt war, kannte ihn aber zu wenig um das wirklich beurteilen zu können. Er atmete schwer, dann stand er auf, deutete auf seine Zigaretten und ich nickte. Ich wartete, wollte ihn nicht drängen, und so saßen wir bereits wieder eine Weile an unserem Tisch als er endlich den Mund öffnete um etwas zu sagen. „Ich kenne wahrscheinlich die Mutter, sie war bei mir in Behandlung, es muss etwa in der Zeit gewesen sein, als sie die Bilder von ihrem Jungen bekommen hat, ich kann Ihnen nicht alle Details sagen, Sie wissen, die Schweigepflicht, aber ein wenig kann ich Ihnen erzählen und so wie es aussieht trifft mich ein wenig Schuld. Wissen Sie, ich habe der Mutter damals geraten einen endgültigen Strich zu ziehen, sie habe sich von dem Jungen getrennt und nun müsse sie auch konsequent sein. Das wäre zum Wohl des Jungen, ich konnte ja nicht ahnen in welche Hände er da geraten war. Die Frau schien mir ziemlich verzweifelt, ihre Mutter hat sie ordentlich unter Druck gesetzt und ihr neuer Freund hat wohl auch nur noch mit ihr gestritten. Zwischendurch wollte sie den Jungen schon zurückholen, aber das wollte der Freund wohl auf gar keinen Fall. In unserer letzten Sitzung hat sie dann unter Tränen erzählt, dass sie wieder schwanger sei und dass ihr Freund darüber gar nicht erfreut war und ausgezogen ist. Ich wollte weitere Termine mit ihr machen, aber sie hat dann nur noch geblockt und ist nie wieder gekommen. Dass es dem Jungen nicht gut ging, daran habe ich nicht einmal gedacht." Ich saß da und war geplättet, ich überlegte und sagte dann: „Der Junge spricht mit mir, er will das ich etwas unternehme, ich weiß aber nicht, ob ich das will und vor allem, ob ich das überhaupt kann. Er setzt mich unter Druck will mir aber seinen Namen nicht verraten. Ich sehe kaum einen Ansatz und ich fürchte, dass der Junge gar nicht mehr am Leben ist, sonst könnte er mir wohl nicht als Geisterstimme erscheinen." Ich schüttelte den Kopf und war doch ein wenig erleichtert, die Situation mit jemandem zu teilen. Der Mann starrte vor sich hin und schien zu überlegen, dann sagte er: „Mir fällt der Name im Moment nicht ein und ich weiß auch nicht ob ich ihn Ihnen sagen kann, ich werde darüber nachdenken und da wir uns ja morgen wieder sehen habe ich ja ein wenig Zeit. Im Übrigen glaube ich nicht, dass der Junge bereits tot ist, Ihre Selbstgespräche passieren ja nur in Ihrem Kopf, der Junge hat da gar keinen Einfluss." Na gut, das sah ich ein wenig anders, aber ich bin ja auch kein Psychologe, ich bin nur ein gewöhnlicher Mann. Wir tranken unseren Wein aus, bezahlten die Rechnung und verabschiedeten uns vor dem Lokal per Handschlag und wiesen uns nochmals gegenseitig auf den Schachtermin am kommenden Nachmittag hin. Ich ging rauchend Richtung Hotel, lauschte dem nahen Wasser und merkte, dass es wohl mehr als nur ein kleines Glas Wein war. In meinem Zimmer angekommen schaltete ich den Fernseher ein, es begann gerade eine Nachrichtensendung. Ich setzte mich in den Sessel nachdem ich mir ein Glas Wasser eingegossen hatte. Jeden Tag eine Flasche auf Kosten des Hauses, das war in Ordnung. In Gedanken über den vergangenen Tag glotzte ich auf den Bildschirm. Das konnte doch nicht wahr sein, ich hörte eigentlich gar nicht zu, aber die Überschrift auf dem Hintergrundbild ließ mir die Glieder gefrieren und dazu das Bild. Das war die Zeitung, ich war mir ganz sicher. Mysteriöser Todesfall auf den Bahnschienen, las ich mir leise vor und dann wollte ich dem Sprecher zuhören, aber die Meldung war schon vorbei und es ging mit dem Wetter weiter. Hatte er sich tatsächlich vor einen Zug gestellt, aber das würde nicht in den Nachrichten kommen, das passiert jeden Tag irgendwo, damit wären die Nachrichten voll. In die Nachrichten schafften es nur bekannte Persönlichkeiten oder abstrakte Vorgehensweisen oder eben ungeklärte Fremdeinwirkung und danach klang das, was ich mitbekommen hatte, nach einem abstrakten Todesfall. Ich suchte die Fernbedienung um nachzusehen, ob auf Teletext etwas zu finden war. Ich fand aber keinen Eintrag, mein Laptop hatte ich nicht mitgenommen und auf meinem Smartphone war mir die Suche zu langsam. Es gab hier keinen guten Empfang. Ich beschloss mir am nächsten Morgen ein paar Zeitungen zu kaufen. Irgendwo wird schon etwas stehen, wenn es schon in den Abendnachrichten war. Ich schaltete den Fernseher aus und legte mich aufs Bett. „Hast Du etwas damit zu tun?" fragte ich in den Raum.

Besucher

„Du weißt doch noch gar nicht was wirklich passiert ist und schon verdächtigst Du mich. Du hast doch selber gehört, dass der Mann nichts anderes als den Tod verdient hat und er wollte ihn doch auch, das hat er Dir doch gesagt oder etwa nicht, was ist los mit Dir." Er klang ein wenig belustigt und gut gelaunt, ganz im Gegenteil zu seinen sonstigen Auftritten. „Dann erzähl mir was passiert ist, offensichtlich weißt Du ja genauestens Bescheid, komm schon raus mit der Geschichte", sagte ich Richtung Zimmerdecke. „Na gut Du erfährst es ja morgen sowieso, da kann ich es Dir auch gleich erzählen, aber beschwere Dich hinterher nicht und unterbrich mich nicht, Du weißt, dass ich das schlecht ertragen kann. Vorher noch eines, freunde Dich nicht zu sehr mit dem Schachspieler an, das ist auch kein guter Mensch, wenn es den überhaupt gibt." „Moment noch, was soll das denn heißen, was willst Du damit sagen, ich verstehe nicht so recht?" „Doch, doch Du verstehst schon sehr gut, aber darüber können wir ein andermal plaudern, jetzt erst mal zu gestern. Der arme Kerl hat dann irgendwann den Bahnhof verlassen und ist aus dem Ort gegangen und dann durch den Wald in Richtung der Bahnstrecke. Ich hatte das geahnt und war vor ihm an Ort und Stelle. Ich wollte nicht das er sich so ohne weiteres aus dem Staub macht und hinterher jeder denkt, ach wieder ein Arzt, der mit dem Geld nicht zurechtkam, nein dieses Gejammer wollte ich ihm erst noch austreiben. Ich hatte eine Armbrust dabei, die ist so wunderbar geräuschlos und leicht zu transportieren. Er hat ungelogen zwei Minuten auf den Pfeil gestarrt, der da in seinem Schienbein steckte, bis er eine andere Reaktion zeigte. Er schaute sich wild um, dabei brauchte er ja nur nach vorne gucken, schließlich kam der Pfeil ja von vorne, sonst hätte er ja in seiner Wade gesteckt, wenn er denn von hinten gekommen wäre, aber unter Schmerzen fallen einem die logischsten Sachen nicht auf. In der Zwischenzeit hatte ich einen neuen Pfeil eingespannt und ging langsam auf ihn zu. Als er mich endlich gesehen hat, fielen ihm fast die Augen raus. Ich weiß nicht, ob er mich sofort wieder erkannt hat oder ob es ihm erst langsam kam, zumindest sagte er erst mal kein Wort. Ich sagte zu ihm, er solle den Pfeil heraus ziehen und zu mir rüber werfen, als er sich aber kein bisschen bewegte und somit meiner klaren Anweisung nicht folgte, schoss ich ihm den zweiten Pfeil in die Kniescheibe des anderen Beins. Die Pfeilspitze war hart und hatte keine Mühe mit dem Knochen, dem Geräusch nach muss die Kniescheibe zersplittert sein, jetzt schrie er das erste Mal auf. Ich sagte zu ihm, dass ich auf den Pfeil warte, er solle ihn endlich heraus ziehen und wenn er dann schon dabei ist auch gleich den Zweiten, er starrte mich an. Als ich hinter mich griff und einen dritten Pfeil in die Hand nahm stotterte er, schon gut schon gut, er riss sich den Pfeil aus dem Schienbein, das ganz geblieben zu sein schien. Nur die Widerhaken zerrissen das Fleisch. Er schrie nochmal und warf den Pfeil in meine Richtung. Ich nahm ihn auf und spannte ihn erneut in die Armbrust, er starrte mich an. Du glaubst gar nicht welche Befriedigung es mir gab diese Angst in seinen Augen zu sehen. Er wollte sterben, aber nicht so, nicht leiden, aber ich wollte ja auch nie leiden und es hat ihn nicht gekümmert. Ich ging langsam näher und deutete auf seine Kniescheibe, mit weit aufgerissenen Augen sah er an sich runter , ein Speichelfaden löste sich aus seinem Mund und Tränen liefen ihm übers Gesicht, das tat so gut. Er griff mit der linken Hand nach dem Pfeil und mit einem Ruck hatte er ihn in der Hand, dann fiel er hin und rollte sich schreiend auf die Seite. Er war auf das kaputte Knie gefallen und die Splitter der Kniescheibe knirschten. Ich sagte ihm, er solle zu den Schienen gehen oder robben, dort wollte er doch sowieso hin, als er keinerlei Bewegung machte schoss ich einen weiteren Pfeil direkt neben seinen Kopf, er zuckte zusammen und stammelte Undefinierbares vor sich her, setzte sich aber in Bewegung. Er zog sich mit Hilfe der Arme in Richtung der Schienen, ich folgte ihm und spannte einen neuen Pfeil in die Armbrust, vorher hob ich den eben verschossenen wieder auf und steckte ihn zurück in die Tasche. Ich sagte zu ihm, dass er sich zwischen die Schienen legen sollte und nagelte ihm die rechte Hand an einer Bohle fest. Er schrie erneut auf und griff sofort mit der linken nach dem Pfeil, ich sprang hin und schlug ihm den Griff der Armbrust hart an den Kopf. Er sackte zusammen und schien bewusstlos zu sein. Ich nahm die linke Hand, legte sie ebenfalls auf die Bohle und nagelte auch diese mit einem gezielten Schuss fest. Danach streckte ich ihn aus, spreizte seine Beine und befestigte seine Füße auf dieselbe Art und Weise. Ich suchte nach einem Baumstamm und fand einen armdicken der mir geeignet erschien und legte ihn zwischen seine Beine. Das eine Ende bog sich nach oben, so dass ein herannahender Zug es erfassen und es ihm von unten in den Körper jagen wird. Ich sagte ihm, dass er das Gefühl lieben wird und ließ ihn allein. Ein Stück weiter legte ich mich ins Gras und wartete, als ich den herankommenden Zug aus der richtigen Richtung hörte stand ich auf und ging. Gerne hätte ich in seine Augen geschaut wenn der Ast in ihn rast, aber das ging nicht. Verurteile mich nur, ich empfinde nur Genugtuung." Ich sah mich wie wild im Zimmer um, er war natürlich nicht da. Ich rannte auf und ab und war nach kurzer Zeit schweißnass. Ich wusste nicht was ich sagen sollte, am liebsten hätte ich ihn geohrfeigt, aber er war ja nicht da, außer in meinem Kopf und mich selber schlagen hielt ich dann doch für absurd. Es dauerte eine Weile bis ich mich wieder beruhigt hatte, er sagte keinen Ton mehr und ich hatte auch keine Lust auf eine weitergehende Unterhaltung, ich fragte mich nur was ich jetzt tun sollte. In was war ich da nur hineingeraten und vor allem, wie kam ich da wieder raus? Konnte ich mich jetzt noch raus halten? Was passiert mit dem Schachspieler? Warum nenne ich ihn jetzt schon so wie der Junge? Wenn ich ihm erzähle, dass der Junge mir die Geschichte die dort passiert ist, haarklein erzählt hat. Wird er mir überhaupt glauben? Ich atmete tief durch und beschloss erst mal abzuwarten was am nächsten Tag in der Zeitung stehen wird. Vielleicht ist es ja doch ganz anders gewesen und es liegt an dem Wein, den ich getrunken hatte. Ich wollte ein wenig schlafen und dämmerte irgendwann auch ein.

Vorm Schöpfer

„Der Nächste, aber bitte zügig, Du bist nicht der einzige Neue hier am heutigen Tag und ich habe noch Wichtigeres zu tun als über euch Brüder hier zu richten", dröhnte eine donnernde Stimme durch die Lautsprecher. Ein fast durchsichtiger Bengel, oder war es ein Engel, kam in den Raum und zeigte auf den von den Schienen. Die Überreste lagen auf einer Bahre und wurden in einen großen Raum geschoben. Am Ende war ein riesengroßer Tisch und dahinter saß ein sehr alter Mann, der trotz seines Alters jung wirkte. Die Überreste wurden ihm gegenüber vor dem Tisch hingeschmissen, der Kopf rollte zur Seite und wurde mit einem Fuß gestoppt. Dann hob man den Kopf auf und legte ihn auf den Schreibtisch. „Ich bin der Schöpfer und möchte hören was Du zu sagen hast, damit ich entscheiden kann, ob Du ein Haufen Müll bleibst und durch die linke Tür in die Hölle rauschst oder ob Du zusammengeflickt eine weitere Chance erhältst. Für den Himmel hast Du wohl eher keine Chance, also fang an, wir werden dann sehen." Der Kopf lag ruhig auf dem Schreibtisch und schlug die geschlossenen Augen auf, der Blick war klar und dann begann er zu sprechen. „Ich war ein guter Junge und habe stets meinen Eltern gehorcht bevor ich mein Leben selbst in die Hand nehmen konnte. Ich habe eine Ausbildung zum Allgemeinmediziner ohne zu Schummeln absolviert und mich dem Helfen der Menschen verschrieben. Ich habe viele Leben erhalten und so manches gerettet, ich bin zu Weihnachten immer in der Kirche gewesen und habe immer eine ordentliche Kollekte hinterlassen. Ich bin nie fremdgegangen und habe nur in unausweichlichen Situationen gelogen, aber nie so, dass jemand zu Schaden gekommen ist." „Stopp, für dieses Gejammer ist es zu spät, wenn Du so gut warst hättest Du Dir nicht das Leben nehmen wollen, Du hast noch eine Chance für die Wahrheit, also los." „Ich konnte dem Jungen nicht helfen, ich habe ihn geheilt, das war meine Aufgabe, ich habe nicht gewusst was los war, das habe ich erst später erfahren und da ging es ihm ja schon wieder gut, es ist doch etwas aus ihm geworden. Ich hatte Schulden, aber das ist ja keine Sünde und wenn doch, dann will ich sie gerne gestehen und um Gnade bitten. Getötet habe ich mich doch nicht selber, das war doch der Junge." Der Schöpfer nahm einen goldenen Stab in die Hand an deren Spitze eine Glaskugel war und stand auf. „Ich habe Dir gesagt, dass ich nicht viel Zeit habe und Dir trotzdem eine zweite Chance gegeben, Du meinst Du könntest Dich vor mir raus reden, schade, da bist Du genau wie all die Anderen, die vor Dir hier saßen. Ich kann dieses Gejammer seit vielen Jahren schon nicht mehr ertragen, es kotzt mich an. Ich will Dir sagen wie ich das Ganze sehe und was mit Dir geschieht. Ich habe Dir die Intelligenz gegeben, damit Du Arzt werden kannst, aber nicht nur dafür. Du hattest damit die Möglichkeit Zusammenhänge zu durchschauen und einzugreifen wenn Jemandem Schaden zugefügt wurde, diese Gabe haben nicht viele bekommen. Ich habe Dich zu dem Jungen geführt, damit Du ihm hilfst, er war nicht so krank wie Du es darstellst, es war keine Kinderkrankheit, die er hatte, er war bereits krank an der Seele, das konntest Du sehen und was hast Du gemacht, weggeguckt. Weggerannt bist Du, raus aus dem Keller und anstelle Dir Gedanken zu machen was mit dem Jungen wirklich los ist, hast Du darüber nachgedacht wie Du Deine Abrechnung gestaltest, das war schlimm und dann hast Du ihn vergessen. Ich habe Dir sogar eine zweite Chance gegeben, ich habe ihn Dir nochmal gezeigt und da fiel es Dir wieder ein, der Keller, der kranke Junge und wieder war Dir nur Dein eigenes Leben wichtig und Du hast weiter geschwiegen und wegen Deiner lächerlichen Schulden wolltest Du sterben, pfui. Ich habe Dir den Jungen ein drittes Mal geschickt, doch er hat es versaut, er hat Dich so unter Schock gesetzt, dass Dein Hirn abgeschaltet hat und Du Dich an keine Einzelheiten mehr erinnern kannst, Du hast nicht wirklich gelitten, denn das Leiden kommt erst später, wenn man sich erinnert, wenn man das Grauen immer wieder durchlebt. Doch dafür gibt es diese Schutzfunktion im Kopf, wie nach einem Autounfall, man kann sich einfach nicht erinnern und das ist auch meistens gut so. Doch in Deinem Fall ist das falsch, Du solltest leiden und das hat noch nicht geklappt, also hängt es wieder an mir, Dir die gerechte Strafe zu geben. Du wirst es Dir angucken, Dein ganzes Leben, immer wieder und immer wieder wirst Du am Ende auf den Schienen liegen und die Lichter des Zuges werden die Augen des Jungen sein." Der Engel kam wieder rein, nahm sich den Kopf von dem Tisch und legte ihn zu dem Rest auf die Bahre, dann trug er das Ganze in einen anderen Raum. Dort band er den Kopf vor einen Bildschirm, steckte Klammern zwischen die Augen, so dass sie sich nicht schließen konnten und schaltete den Bildschirm ein. Neben dem Bildschirm war ein Gerät, an dem die Anzahl der Wiederholungen einzustellen war, der Engel drehte den Schalter bis er bei einer Million einrastete.

9

Hoffentlich war alles nur ein böser Traum, dachte ich als ich am nächsten Morgen unter der Dusche stand. Im Frühstücksraum suchte ich nach der Zeitung und als ich sie endlich fand, nahm ich sie und setzte mich an meinen Tisch. Bevor ich anfing zu blättern aß ich ein Brötchen und trank eine Tasse Kaffee. Auf der ersten Seite war nichts zu finden und ich hoffte bereits, dass doch alles nur eine Halluzination gewesen war. Doch auf Seite sechs stand es dann, unter der Überschrift -Grausamer Mord auf Bahngleisen- stand ein kurzer Bericht, wie ich ihn bereits kannte. Es ist scheinbar alles genau so abgelaufen wie es mir erzählt wurde. Mein Appetit war wie weggeblasen, ich starrte auf den Ausschnitt und konnte mich nicht mehr bewegen. Was sollte ich jetzt tun? Wer war jetzt noch alles in Gefahr? Hat er es am Ende auch auf mich abgesehen? Ich hatte das Gefühl, dass das Brötchen gerne wieder raus wollte. Ich zwang mich die Zeitung zuzuschlagen und an die frische Luft zu gehen. Ich ging runter zum Wasser und zog die Schuhe aus, krempelte die Hosenbeine ein wenig hoch und watete durch die Priele. Langsam beruhigte ich mich ein wenig und mein Herz schlug wieder einen normalen Takt an. Ich musste unbedingt mit jemandem reden und beschloss nach dem Schachspieler zu suchen. Immerhin wusste er ein wenig Bescheid. Zum Anderen musste ich ihn warnen. So wie ich die Sache sah, war auch er in höchster Gefahr. Ich trocknete mir die Füße ein wenig ab und zog mir die Schuhe wieder an. Nirgends im Dorf konnte ich den Schachspieler finden, es ließ mir keine Ruhe aber ich musste wohl bis zum Nachmittag ausharren und hoffen, dass er sich an unsere Verabredung halten würde. Ich musste ihn fragen wo er wohnt und vor allem wie er eigentlich heißt, ich konnte ihn jetzt nicht mehr den Schachspieler nennen. Der Schachspieler schien mir bereits dem Tode geweiht zu sein. Ich merkte, dass ich nun trotz der ganzen Aufregung ein wenig Hunger bekam, das Frühstück war doch zu knapp bemessen gewesen und diese Seeluft macht einfach hungrig. Ich ging in einen kleinen Imbiss und bestellte mir ein Labskaus und ein Bier. Ich beobachtete ein paar Möwen, die am Strand nach Fressen suchten und scheinbar willkürlich in den Sand hackten. Nach einer Weile flogen sie weg und mein Essen kam. Es war köstlich und ich vergaß für einen Augenblick die ganze Geschichte. Zum Abschluss rauchte ich eine Zigarette, ich hatte draußen gesessen und bezahlte. Ich machte mich nochmals vergeblich auf die Suche und saß zwei Stunden früher als am Vortag am Schachspiel. Leider spielte niemand und die Zeit blieb stehen. Als er dann endlich um die Ecke kam musste ich mich zusammenreißen nicht gleich aufzuspringen und auf ihn los zu stürzen. Er sah es mir an und zog eine Zeitung aus der Jackentasche. „Ich habe es bereits gelesen und mir gedacht, dass Sie mir etwas dazu sagen können, wir sollten aber vorher eine Partie spielen, bevor die anderen Spieler kommen, wir haben nachher noch genügend Zeit zum Reden." Es fiel mir natürlich schwer zuzustimmen, wollte aber nicht riskieren, dass er womöglich genug von mir hatte und wieder verschwindet, also stimmte ich zu und wir spielten eine lange zähe Partie, die wieder in einem Unentschieden endete. Anschließend schauten wir noch einer einseitigen Partie ungleicher Gegner zu und gingen dann zu dem Lokal in dem wir bereits den Vorabend verbracht hatten. Wir bestellten erst mal einen Kaffee und sagten dem Kellner, dass wir später drinnen einen Tisch bräuchten um etwas zu essen, unseren Kaffee tranken wir draußen. Die Nebentische blieben frei und so konnte ich erzählen. Ich berichtete alles haarklein, was der Junge mir erzählt hatte, nur nicht, dass er ihn, den Schachspieler, bereits erwähnt hatte. Er hörte mir aufmerksam zu und schüttelte hier und da ungläubig den Kopf. Als ich fertig war schwiegen wir uns eine Weile an. Wir beschlossen, dass wir versuchen müssen herauszufinden, ob die Frau vom See noch auf der Insel ist und sie warnen, wie auch immer wir das anstellen sollten, aber da sollte er sich als Psychologe mal seine Gedanken machen. Ich war mir nicht sicher ob er mich für verrückt hielt, zumindest hat er nicht gleich die Polizei verständigt. Hätte ich den Mann mit der Zeitung umbringen können? Ich hatte nicht mehr im Kopf wann es eigentlich geschehen ist.

War ich bereits auf dem Schiff oder gar auf der Insel oder fehlt mir ein Alibi für die Tatzeit? Ich fragte ihn nach der Zeitung, doch über den genauen Zeitpunkt der Tat stand dort nichts, nur der Tag war erwähnt und das war der Tag an dem ich auf die Insel kam. Wir gingen rein und setzten uns an den reservierten Tisch hinten im Lokal. Es wurde nicht mehr viel gesagt und so aßen wir beide so vor uns hin, anschließend setzten wir uns wieder nach draußen, um noch eine Zigarette zu rauchen und verabredeten uns für den nächsten Morgen um neun Uhr am Schachbrett. Er gab mir die Hand um sich zu verabschieden und sagte: „Versuchen Sie heute am besten keinen Kontakt zu dem Jungen aufzunehmen und wenn er von sich aus erscheint, dann ignorieren Sie ihn, wir brauchen ein wenig Zeit und müssen versuchen sein Tempo zu drosseln." Ich nickte und blieb noch einen Augenblick sitzen. Ich wusste, dass der Junge alles mitbekam, also jetzt auch wusste, was gesagt wurde. Würde er trotzdem kommen und mich weiter unter Druck setzen? Ich hatte ein wenig Angst in mein Zimmer zu gehen, wobei das natürlich Blödsinn war, schließlich hat er sich bisher auch nicht an irgendwelche Orte gehalten, sondern ist aufgetaucht wenn ihm danach war. Wenn er uns also Zeit geben wollte, dann würde er es tun. Ich stand auf und ging zu meiner Unterkunft, schloss meine Zimmertür auf und hinter mir wieder zu, zog Jacke und Schuhe aus und ließ Wasser in die Wanne. Eine Viertelstunde später durchzog das warme Wasser meine Glieder und ich dämmerte vor mich hin.

Besucher

„Hallo, die Zeitung hast Du ja gelesen und jetzt wirst Du mir wohl ein wenig mehr Glauben schenken", kam es leise aus dem Raum. Ich wusste nicht so recht, ob ich mich jetzt freuen sollte oder nicht. Eigentlich hätte ich lieber ein wenig mehr Zeit, aber das wusste er ja sicher auch und prompt bestätigte er es mir. „Ich kann Dir nicht mehr Zeit geben, ich habe nicht mehr allzu lange wie Du Dir denken kannst", fuhr er fort und ich beschloss nicht zu reagieren. „Gut, dann lausche einfach weiter meinen Worten, vielleicht hilft Dir das ja. Pass gut auf den Schachspieler auf. Wie ich schon erwähnte, er ist kein guter Mensch, aber noch nicht der nächste auf meiner Liste. Schon komisch, jetzt machst Du Dir mehr Sorgen um die alte Frau, die meine Oma ist und vielleicht auch um den Polizisten, als um mich. Ich dachte ich hätte Dir klar gemacht, wer hier das eigentliche Opfer ist, doch da habe ich mich wohl getäuscht. Da werde ich meine Pläne wohl ein wenig ändern müssen und mich zuerst um sie kümmern, bevor der Polizist an der Reihe ist, hoffentlich kommt er mir nicht zuvor. Eigentlich wollte ich Dir noch ein paar weitere Hinweise geben, aber Du reagierst ja nicht auf meine Hilfe und ich will es für mich nicht unnötig verkomplizieren. Eines kann ich Dir aber sagen, die Oma ist noch auf der Insel, nur noch ein paar Tage, gib Dir keine Mühe sie ist schuldig und kann nicht gerettet werden. Keiner kann gerettet werden, denk an Dich selbst. Dich habe ich noch nicht ganz aufgegeben, aber so langsam solltest Du etwas tun. Ich will nur, dass die Wahrheit ans Licht kommt, auf dieser Welt sollte kein Platz sein für Menschen, die nur wegschauen, wenn man ihnen etwas zeigt, was nicht in Ordnung ist. Verstehst Du das nicht? So blöd kannst Du doch nicht sein. Streng Dich gefälligst ein bisschen an und tu endlich was. Ich denke ich werde auf die Insel kommen und zwar noch heute. Nein, nein suchen brauchst Du mich nicht, Du wirst mich nicht sehen, gib Dir also keine Mühe und nutze Deine Zeit sinnvoller. Ich werde Dich jetzt schlafen lassen und Dich weiter im Auge behalten, wenn Du wirklich jemanden retten willst, dann ist die Zeit zum Handeln gekommen. Tu das richtige und enttäusche mich nicht weiter, schlaf gut." Es war Ruhe und ich überlegte kurz doch etwas zu sagen, entschied mich aber dagegen. Ich stieg aus der Wanne, trocknete mich ab und legte mich auf mein Bett. Überraschender Weise schlief ich sofort ein und träumte von Schiffen, die um die Insel fuhren ohne einen Hafen zu finden. Die Kreise wurden immer enger, doch die Insel war nicht erreichbar, sie schrumpfte. Kurz bevor ich wieder aufwachte stand ich allein auf einem Sandhügel und vor mir das Schachbrett, als die letzte Welle kam wachte ich auf.

10

Der Schlaf brachte nicht die Erholung, die ich mir gewünscht hatte. Trotzdem stand ich auf, es wurde bereits hell und ich schaute aus dem Fenster, die Möwen kreisten bereits wieder. Ich überlegte wie wir die Frau finden sollten. Dann fragte ich mich was wir ihr sagen konnten. Würde sie uns überhaupt glauben und was wird die Konsequenz sein? Gehen wir dann zur Polizei? Was sagen wir denen? Kein normaler Mensch würde mir glauben. Die Frau wusste aber zumindest einen Namen und vielleicht würde uns das helfen. Ich zog mich an und ging an den Strand, drehte aber sofort wieder um und ging auf die andere Seite der Insel zum Hafen. Ich sah mir den Fährplan für die nächsten Tage an; um zu wissen wann die nächsten Schiffe die Gäste von der Insel brachten. Vielleicht konnten wir sie auf diesem Weg finden. Eine zweite Idee war, noch einmal zu dem See zu gehen, alte Menschen suchen sich immer wieder dieselben Plätze zum Ausruhen. An diesem Tag sollten zwei Schiffe die Insel verlassen und ebenso viele ankommen. Wir mussten beide beobachten, vielleicht sahen wir den Jungen auch ankommen, obwohl ich in diesem Fall noch weniger Hoffnung hatte. Ich notierte mir die Zeiten und ging zurück, es war Zeit zum Frühstücken. Ich aß ein weichgekochtes Ei und zwei Scheiben

Toast, presste mir eine Orange aus und trank den erfrischenden Saft. Als die Kellnerin mir neuen Kaffee bringen wollte lehnte ich ab. Anschließend zog ich mir auf dem Zimmer andere Schuhe an und ging zum Schachbrett. Zu meiner Verwunderung wurde bereits gespielt. Als ich näher kam und mich die Spieler bemerkten, brachen sie das Spiel offensichtlich ab und verschwanden, es war eine Frau und ein junger Mann, mehr konnte ich nicht erkennen. Später hatte ich das Gefühl einen von beiden bereits zu kennen. Ich setzte mich auf die Bank und wartete. Der Schachspieler war wie immer pünktlich, wobei sich das immer auf die wenigen Male bezog, die wir bis hierher verabredet waren. Wir gaben uns die Hand und ich erzählte ihm von meinem Vorhaben mit den Fähren. Er sagte, dass das eine ausgezeichnete Idee sei und dass wir zwischendurch ja zu dem See gehen könnten. So stand ein gewisser Plan für den Tag, an dem noch etwas passieren sollte. Bis zur ersten Ankunft war noch etwa eine Stunde Zeit, trotzdem gingen wir direkt zum Anleger und setzten uns auf eine leichte Anhöhe, von wo aus wir einen guten Überblick über das Geschehen hatten. Wenn wir die Frau zu spät sehen würden und sie bereits an Bord wäre, mussten wir ebenfalls noch auf das Schiff kommen. Es herrschte reger Personenverkehr, doch die Frau war nirgends zu sehen. Ich erzählte ihm von meinem gestrigen Besuch, dem in meinem Kopf und anschließend von meinem Traum. Er musste lachen, konnte aber nicht erklären warum. In der Ferne tauchte das Schiff auf. Es fuhr die Schleife vor der Insel bevor es in den Hafen kam. Es war nicht voll belegt und so meinten wir alle Passagiere, die an Land kamen, sehen zu können. Kein bekanntes Gesicht war dabei und so konzentrierten wir uns auf die Wartenden, die an Bord wollten. Keine Spur von der Frau. Das Schiff füllte sich und die Sirene ertönte, die anzeigt, dass es jeden Moment ablegt. Wir waren natürlich ein wenig enttäuscht, stellten aber auch fest, dass es einen Versuch wert war und wir am Nachmittag vielleicht mehr Glück haben würden. Ich war froh, dass der Junge offensichtlich noch nicht auf der Insel angekommen war. Wir standen auf und machten uns auf den Weg zu dem See und zu der Bank, wo ich neulich bereits gesessen hatte. Es begegneten uns einige Touristen, mit Fotoapparat und Ferngläsern ausgerüstet. Die Bank war leer und wir setzten uns. Der Schachspieler holte eine Thermoskanne aus seiner Umhängetasche, die mir bis dahin gar nicht aufgefallen war. Ebenso hatte er zwei Becher dabei und goss uns ein. Es war dampfender Kaffee mit einem Schuss Rum. Da das Frühstück bereits einige Zeit her war spürte ich die Wirkung sofort und lehnte ab, als er nachschenken wollte. Wir saßen dort über eine Stunde ohne dass jemand vorbeikam. Eine einmotorige Maschine flog über den See und schwenkte dann zum anderen Ende der Insel. Ein Flughafen, an den hatte ich noch gar nicht gedacht. Konnte es sein, dass der Junge mit dem Flugzeug kommt? Konnte die Frau die Insel auf diesem Weg verlassen? Natürlich war das möglich und dann würden wir es nicht mitbekommen.

Wir überlegten, ob wir eine Chance hätten an die Passagierlisten des Flughafens zu kommen, merkten aber sofort, dass uns das auch nicht weiter helfen konnte, wir hatten ja keine Namen. Wir beschlossen trotzdem den Weg zum Flughafen mit der Kutsche zu fahren, zum Laufen war es zu weit, dann würden wir das zweite Schiff womöglich verpassen. Also machten wir uns auf den Weg zurück in den Ort und mieteten dort die nächstbeste Kutsche. Eine Dreiviertelstunde später waren wir am Flughafen. Wir suchten nach einem Flugplan, fanden keinen und fragten darauf im Tower nach. Man sagte uns, dass es keinen gäbe, sie würden kurzfristig Bescheid bekommen, wenn ein Flugzeug auf dem Weg ist. Heute ist nur das eine angekommen und darin war ein Geschäftsmann angereist, der am Nachmittag wieder zurück fliegen wird. Weitere Maschinen waren nicht angekündigt. Wieder eine Sackgasse. Wir gingen schweigend zu unserer Kutsche und fuhren am Strand zurück, eine herrliche Fahrt. Im Ort aßen wir zu Mittag und spielten anschließend eine Partie Schach. Der Schachspieler sagte, dass es sich bei dem Geschäftsmann ja auch um den Jungen handeln könne, der hier schnell erledigt was er zu erledigen hat und dann wieder verschwindet. Mir wurde ein wenig flau im Magen. Die Wahrscheinlichkeit war zwar gering, aber auszuschließen war es sicher auch nicht. Meine Konzentration ließ nach und ich verlor das Spiel. Wir gingen zurück zum Hafen, wo sich schon wieder einige Reisende eingefunden hatten. Gerade als wir wieder unseren Platz einnehmen wollten sah ich sie. Sie hatte einen Rucksack dabei und eine Handtasche, sie wollte tatsächlich abreisen. Ich zupfte den Schachspieler am Ärmel und zeigte mit dem Finger in die Richtung. Er sagte, ich solle sie nicht aus den Augen lassen, er besorgt uns zwei Tickets für den Notfall. Kurze Zeit später kam er zurück und wir machten uns auf den Weg zu der alten Dame. Langsam machte ich einen Bogen, damit ich von vorne an sie herantreten konnte. Ich blieb einen Meter vor ihr stehen, hinter mir legte gerade die Fähre an und mein Schachspieler zupfte mich am Ärmel, ich solle die Ankommenden im Auge haben, falls der Junge dabei ist. Was sollte ich jetzt machen? Ich sah der Frau in die Augen und sie schien mich nach kurzem Überlegen wieder zu erkennen. Sie fragte was ich denn von ihr wolle und ich sagte zu ihr: „Es wäre gut, wenn Sie noch einen Tag auf der Insel bleiben könnten, ich habe einiges mit Ihnen zu besprechen, es geht um Ihren Enkel." Sie sah mich mit großen Augen an, aus denen ein paar Tränen flossen, sie sagte: „Sie kennen ihn doch gar nicht, ich habe Ihnen doch erst von ihm erzählt." „Haben Sie von dem Toten auf den Bahngleisen gehört", fragte ich, „der kannte Ihren Enkel auch, wir müssen dringend reden." Sie sagte, dass das nicht geht, sie muss heute die Insel verlassen, sie hat Tickets für die Bahn, die sonst verfallen würden und sie könnte sich nicht vorstellen was wir zu besprechen hätten, ich solle sie doch jetzt bitte in Ruhe lassen. In der Zwischenzeit kamen die ersten Passagiere von Bord, ich drehte mich zum Schachspieler und schüttelte den Kopf. Er zeigte mir, dass ich zur Seite gehen soll und trat zu der Frau. Ich sah wie er mit ihr sprach und wieder liefen ihr Tränen übers Gesicht. Ich konzentrierte mich erst mal auf die von Bord kommenden Leute. Ich konnte den Jungen wieder nicht erkennen, er schien nicht mit an Bord gewesen zu sein. Der Mann vom Schiff zog jetzt ein Band vor den Übergang, nachdem der Letzte das Schiff verlassen hatte. Schon drängte die Masse nach vorne, um endlich von der Insel zu kommen, so konnte man meinen, doch es wurde noch keiner an Bord gelassen. Es gab eine Durchsage, dass in etwa zehn Minuten der Zugang zum Schiff wieder freigegeben wird. Es ging ein Stöhnen durch die Menge, doch dann beruhigte sich alles wieder. Ich sah mich nach dem Schachspieler und der alten Frau um. Erst konnte ich sie nicht sehen, wo sie eben noch gestanden hatten waren sie nicht mehr. Ich entdeckte sie auf dem Hügel von dem wir am Morgen alles beobachtet hatten. Die beiden schienen ernsthaft zu diskutieren, ja es kam mir fast so vor als wenn sie streiten würden. Ich ging durch die abreise willige Menge zu dem Hügel, wobei ich die beiden immer wieder aus den Augen verlor. Als ich endlich durch war, wurde das Schiff frei gegeben und alles setzte sich wieder in Bewegung. Die alte Frau kam an mir vorbei gerannt und schrie mich an, ich solle sie in Ruhe lassen, ich war wie erstarrt. Der Schachspieler nahm mich am Arm und sagte, dass wir mitfahren müssen, er habe den Eindruck die Frau würde sich etwas antun. Er zeigte mir die Tickets, die er besorgt hatte und ich nickte zustimmend, allerdings nicht ohne darauf hinzuweisen, dass wir wohl erst am nächsten Tag wieder zurück auf die Insel kommen könnten. Heute würde kein Schiff mehr fahren. Er sagte, dass wir keine Wahl hätten, sie ist der einzige Strohhalm, den wir jetzt hätten. Also gingen wir mit an Bord und da sah ich ihn. Für einen kurzen Augenblick und im selben Moment wusste ich, dass er es war, der heute Morgen Schach gespielt hat. Nur wer war die Frau gewesen mit der er gespielt hat? Ich hatte sie nur von der Seite und von Hinten gesehen. War es womöglich die alte Frau? Seine Oma und ich bin ihm dazwischen gekommen. Ich versuchte ihn im Auge zu behalten, aber der Junge war wieder verschwunden. Ich sagte dem Schachspieler, dass der Junge auch an Bord sei und dass wir schnellstens die alte Frau finden müssen und nicht mehr von ihrer Seite weichen dürfen. Er nickte zum Zeichen, dass er mich verstanden hatte, es war ziemlich laut auf dem Schiff. Kurz danach legten wir ab. Wir suchten die Frau erst auf dem Oberdeck, ohne Erfolg, dann auf dem Unterdeck. Sie saß in einer Ecke, den Rucksack auf dem Schoß und wirkte unendlich alt. Sie starrte durch das Fenster aufs Meer hinaus. Wir setzten uns ein paar Tische abseits von ihr hin und behielten sie und die Umgebung im Auge. Nach einiger Zeit musste ich auf die Toilette und sagte zum Schachspieler, dass ich gleich wieder zurück sei, er solle gut aufpassen, er nickte und ich ging und suchte das WC. Da die See ruhig war, war auch die Toilette wenig besucht, keine Seekranken, die die Schüsseln lieb hatten. Ich schloss mich in einer Kabine ein und atmete tief durch. „Wenn Du nicht aufpasst kommst Du zu spät, ach was sage ich, Du kommst so oder so zu spät, also lass dir ruhig Zeit", flüsterte mir die Stimme des Jungen ins Ohr. Erst hatte ich den Eindruck, er würde neben mir in der anderen Kabine sitzen, war mir aber im selben Augenblick nicht mehr sicher. Ich sprang auf, zog mir die Hose hoch und stürzte aus der Kabine, die beiden Nachbarkabinen waren frei. Ich stürzte durch die Gänge zu unserem Platz, er war leer, die Frau war ebenfalls verschwunden. Ich stürzte zum Oberdeck und sah eine Menschentraube aufs Wasser starren, ich wühlte mich hindurch, um zu sehen was passiert war. Im Wasser trieb ein kleiner Junge dem man inzwischen einen Rettungsring zugeworfen hatte und an dem er sich fest krallte, ein kleines Boot wurde bereits runter gelassen, um den Jungen wieder an Bord zu holen. Jemand schrie, wo denn die Frau sei und dann färbte sich das Wasser am Bug rot, es wurde immer mehr, es kam von der Schiffsschraube. Die Menschen hielten sich die Hände vor den Mund und taumelten zurück, ein Arm erschien an der Oberfläche, dann wurde es ruhiger, der Schiffsmotor war abgestellt und die Schraube drehte sich nicht mehr. Der kleine Junge war inzwischen in dem Rettungsboot und wurde zurück an Bord gebracht. Anschließend war es die Aufgabe der armen Besatzung sich um die herum schwimmenden Überreste der alten Frau zu kümmern. Ich suchte nach dem Schachspieler und fand ihn schließlich an unserem Platz im Unterdeck. Ich setzte mich zu ihm und fragte, ob er alles mitbekommen habe, worauf er mich mit großen Augen musterte. Dann fragte er was ich meinen würde, er hätte etwas zu trinken besorgt und sei gerade zurückgekommen und da war die Frau weg und das Schiff schien zu halten. „Wieso haben Sie nicht gewartet bis ich wieder da bin?", schrie ich ihn an. „Die Frau ist von der Schiffsschraube zerschreddert worden, sie sollten auf sie aufpassen." Ich sank auf meinen Stuhl und dann in mich zusammen. Kurze Zeit später, keiner von uns sagte mehr etwas, sprang ich auf, ich musste erfahren was passiert war. Ich ging nach oben wo sich die Szenerie ein wenig beruhigt hatte, überall tuschelten die Menschen, ich versuchte etwas zu verstehen. Mit der Zeit kannte ich den Ablauf des Geschehenen. Plötzlich hatte jemand geschrien, dass ein Kind über Bord gefallen sei. Wie das geschehen ist hat wohl keiner gesehen, zumindest konnte sich keiner erinnern den Jungen vorher gesehen zu haben. Inzwischen war er wohl beim Kapitän, ob seine Eltern an Bord sind wusste auch keiner. Zumindest ging dann alles ganz schnell, die alte Frau sei aufgetaucht und schrie die Menge an, sie sollen nicht nur rumstehen, sondern ihm den Rettungsring zuwerfen, im gleichen Moment ist sie schon über die Reling gesprungen und dem Jungen hinterher. Dabei muss sie sich aber den Kopf am Rumpf des Schiffes angeschlagen haben, sodass sie mehr oder weniger bewusstlos ins Wasser gefallen und sofort untergegangen sei und dann muss sie in die Schiffsschraube geraten sein. Es ist niemand auf die Idee gekommen ihr auch noch hinter her zu springen, der Rest begnügte sich mit Zugucken, das war ja spannend genug. Zumindest bis die Einzelteile der Frau zum Vorschein kamen. Das wollte dann auch kaum noch einer sehen, ein paar Perverse gibt es natürlich überall, die machten auch ordentlich Fotos fürs Familienalbum oder für die meistbietende Zeitung. Ich ging wieder zurück zum Schachspieler und entschuldigte mich für meine Vorwürfe, wahrscheinlich hätten wir so oder so nichts tun können. Das Schiff hatte noch nicht einmal die Hälfte der Strecke zurückgelegt und so fuhren wir vorerst zurück zur Insel, was wenigstens für uns ein Vorteil war, so brauchten wir uns keine Nacht an Land um die Ohren schlagen. Bevor wir allerdings von Bord durften, kam die Polizei und nahm alle Personalien auf und suchte nach Zeugen. Leider konnten wir nichts beitragen und nach einer unendlichen Weile durften wir dann gehen. Wir hatten genug für den Tag und keiner hatte mehr etwas zu sagen, so tranken wir noch einen Whiskey, ohne ein Wort und verabredeten uns für den nächsten Vormittag am Schachbrett. Ich drehte noch eine einsame Runde am Strand, doch jedes Mal, wenn mir ein Paar begegnete, redeten die Leute von der Frau vom Schiff, also ging ich auf mein Zimmer und wartete auf den Jungen.

Vorm Schöpfer

Wieder lagen die Einzelteile eines Menschen auf der Bahre und die Stimme des Schöpfers dröhnte durch die

Halle: „Der Nächste aber schnell." Hastig kamen zwei Helfer rein und nahmen die Trage mit den Überresten der alten Frau und stellten sie vor des Schöpfers Schreibtisch, der nahm sich eine Mappe und schlug sie auf. Er blätterte eine Weile in den Unterlagen und schaute dann auf. Langsam stand der Schöpfer auf und ging zu der Trage und sagte: „Flickt sie mir zusammen und setzt sie auf einen Stuhl, so kann ich nicht mit ihr reden." Die Helfer nahmen die Trage und schafften sie in einen Nebenraum. Kurze Zeit später kam die alte Frau rein geschlichen, Der Schöpfer sagte zu ihr, dass sie sich hinsetzen solle und er selber ging auf seinen Platz zurück. „Du kannst versuchen mir zu erklären was schiefgelaufen ist bei Dir, aber jammere nicht rum, geh davon aus, dass ich alles weiß", sagte er und sah der alten Frau ins Gesicht. Sie wirkte erleichtert und blinzelte, dann fing sie an. „Ich war keine gute Mutter, das weiß ich, dass ich Mutter wurde war schon meine erste Sünde. Ich konnte meinem Kind nicht beibringen wie man mit Verantwortung umzugehen hat und so trifft die Schuld an den Versäumnissen meiner Tochter nur mich. Ich habe sie zu beschützen versucht, auch als es nicht mehr richtig war. Ich weiß nicht was aus meinem Enkel geworden ist und das hat mich belastet, doch konnte ich nicht über meinen Schatten springen und meiner eigenen Tochter in den Rücken fallen. Ich habe mit unendlichen schlaflosen Nächten gebüßt und weiß doch, dass das niemals genug sein kann und bin bereit die gerechte Strafe zu erfahren, Gnade kann und will ich nicht erwarten." Sie schwieg und schaute auf den

Boden. Der Schöpfer lehnte sich zurück und schloss die Augen. „Ich habe Dir die Möglichkeit gegeben Leben zu schenken, diese Möglichkeit bekommt nicht jeder auf seinem Weg, Du wusstest aus Deiner eigenen Erfahrung wie eine Familie funktioniert und dass Eltern die Verantwortung für ihre Kinder tragen. Du hast Dein Kind ohne Vater aufgezogen und es dann mit seinen eigenen Sorgen im Stich gelassen. Kinder lügen und das wusstest Du und hast dennoch weg geschaut. Du wolltest nicht wahr haben was offensichtlich ist. Dein Kind hat sich seiner Verantwortung entzogen, aber ein Enkelkind ist auch ein Kind und wie heißt es so schön bei Euch, dort auf der lausig gewordenen Welt: - Eltern haften für ihre Kinder -. Deine Tochter hat Dein Enkelkind verkauft, um selber ein besseres Leben führen zu können, das ist vorsätzlich und unentschuldbar. Du hattest die Chance einzugreifen und hast es nicht getan. Ich verstehe nicht warum, den Schlaf hat es Dir geraubt, doch was ist schon Schlaf gegenüber dem Leben und das wurde Deinem Enkel geraubt. Du hast somit Deinen Teil dazu beigetragen, Du hast getötet. Du bittest nicht um Gnade, das zeigt, dass Du weißt was Du getan hast. Du bist ins Wasser gesprungen, um einen Jungen zu retten wo es nicht nötig war. Wärst Du früher in die Ungewissheit gesprungen um Deinen Enkel zu retten, wärst Du zur Polizei gegangen, um ihn zu finden, statt Dich zu verkriechen mit der Ausrede, dass Deine Tochter bestimmt weiß was sie tut und schon alles unter Kontrolle haben wird, hättest Du den Jungen vor seinen

Qualen bewahrt. Du hast weggeschaut, diese Ange-
wohnheit bei euch Menschen, die ihr euch selber beigebracht habt. Mein Fehler ist, dass ich euch diese
Möglichkeit überhaupt gegeben habe. Wegschauen
sollte aufgenommen werden in die Liste der Todsün-
den, nur die Glaubensgeschichte ist nun mal schon geschrieben und daran lässt sich nichts mehr ändern.
Gnade willst Du nicht und hast Du auch nicht verdient,
nur wie soll ich Dich bestrafen, wie soll man einen Menschen bestrafen, der nur noch leiden will. Ich könnte
Dich zurück schicken und Dir täglich vor Augen führen
wie Deine eigene Tochter immer weiter verkommt in
Wohlstand und Selbstgefälligkeit, weil sie ihren Sohn ge-
opfert hat. Ich muss darüber nachdenken, warte hier
bis ich zu einer Entscheidung gekommen bin." Der
Schöpfer stand auf und ging durch die Wand nach irgendwo. Die alte Frau saß zusammengesunken auf ihrem Stuhl und weinte. Zurück in diese Welt, das wollte
sie auf keinen Fall, dort würde sie sich sofort wieder das
Leben nehmen, wenn das dann noch ginge. Lieber
wollte sie für immer in der Hölle schmoren, was auch
immer das zu bedeuten hätte. Es dauerte eine sehr
lange Zeit bis der Schöpfer plötzlich wieder an seinem
Schreibtisch saß, sie hatte ihn weder kommen hören,
noch gesehen. Er hatte seinen Richterstab in der Hand
und stand auf. „Ich habe einen Entschluss gefasst und
der ist endgültig. Himmel und Hölle sind Begriffe von
euch Menschen, die Gut und Böse darstellen sollen,
aber was heißt das schon. Was für den Einen der Himmel ist für den Anderen die Hölle und umgekehrt. Du

wünschst Dir in der Hölle zu schmoren, irgendwie bei hundert Grad vor sich hin schmoren und ständige Schmerzen erleiden, das ist lächerlich. Ich werde Dich durch die linke Tür schicken, auf der steht Himmel und soll euch armseligen Kreaturen suggerieren, dass es die gute Seite ist, ob sie das für Dich wird, wirst Du selber herausfinden. Du kommst zu all den guten Menschen und jeder wird Dich dort fragen was Du Gutes gemacht hast, es gibt dort keine Lügen mehr. Du wirst ihnen allen die Wahrheit sagen müssen und es wird niemals aufhören, immer und immer wieder wird einer zu Dir kommen und Dir seine Geschichte erzählen und dann gleiches von Dir erwarten, um sich dann schaudernd von Dir abzuwenden. Ich gebe Dir noch drei Worte, die Du mir sagen darfst, bevor Du durch diese Tür gehst, überlege sie Dir gut." Der Schöpfer setzte sich wieder und die Tür mit der Himmelsaufschrift ging bereits auf. Die Helfer traten zu der alten Frau und stellten die Trage neben sie. Sie sagte: „Ich hatte Todessehnsucht" und dann noch „Wozu?" Doch dieses Wort verhallte bereits ungehört, Der Schöpfer war verschwunden, die alte Frau zerfiel wieder in ihre Überreste und die Trage wurde durch die Tür getragen, die sich langsam hinter ihr schloss.

Besucher

„Du weißt noch gar nicht was passiert ist", kam die Stimme vorsichtig aus dem Zimmer. „Soll ich es Dir erzählen oder willst Du an Zufälle glauben." Ich saß in dem Sessel und war fast schon eingeschlafen als die Stimme kam. Er hatte mich mit Absicht warten lassen, wahrscheinlich hat er es ausgekostet wie ich so da saß und auf ihn gewartet hab. „Es wird mir wohl nix anderes übrig bleiben, als es mir anzuhören, also fang an, ich bin ganz Ohr." Er schwieg wieder und ich hatte schon den Eindruck ihn beleidigt zu haben, doch dann fing er an. „Ich hatte mich auf der Fähre versteckt als sie anlegte, ich wusste ja das Oma an Bord kommen würde, ich hatte es ihr am Morgen am Schachbrett gesagt. Mit Euch beiden hatte ich in der Tat noch nicht gerechnet, Respekt. Ich bin mit der Morgenfähre wieder zurück aufs Festland gefahren und kam nun wieder zurück. Ich blieb an Bord und wartete bis die Passagiere wieder aufs Schiff gelassen wurden und schlich mich dann aus meinem Versteck. Keiner hatte etwas bemerkt und so ging ich durch die Reihen und dann entdeckte ich Euch alle drei auf einmal. Ich musste mir etwas einfallen lassen. Ich sah wie Du auf der Toilette verschwunden warst, jetzt war nur noch der Schachspieler da. Du kannst Dir denken, dass ich auch in anderen Köpfen herumspuken kann. Ich ließ ihn seine Aufgabe vergessen und Durst kriegen, es war einfacher als ich dachte.

Jetzt war es an der Zeit mich um meine Oma zu kümmern, die die sich nicht um mich gekümmert hat als es nötig war. Ich ging zu ihr, sie lächelte mich an und mir wurde kalt, ich sagte sie solle aufs Oberdeck gehen, ich würde gleich nachkommen und nahm ihr ihren Rucksack ab. Sie ging nach oben und ich zu dem Jungen, dem ich fünfzig Euro gegeben hatte. Dafür sollte er, auf ein Zeichen von mir, unbemerkt ins Wasser springen. Ich streckte den Daumen nach oben und ging schnell zu Oma. Ich hörte das Platschen als der Junge ins Wasser fiel und schrie sofort zur Oma: -Da ist ein Junge ins Wasser gefallen, er muss gerettet werden- Ich sah ihr dabei tief in die erschrockenen Augen und wusste dass sie verstanden hatte. Als sie zögerte half ich ein bisschen nach und sie sprang dem Jungen hinterher. In der Zwischenzeit hatte ich den Rettungsring genommen und dem Jungen zugeworfen, er zwinkerte mir zu. Alles hatte geklappt, der Junge hat mich inzwischen vergessen und Oma ist erlöst." Was für eine riesige Schweinerei, dachte ich bei mir und überlegte, ob ich jetzt diskutieren wollte mit dieser Stimme ohne Gesicht. Ich sagte in den Raum: „Du kannst doch nicht einfach durch die Lande ziehen und alle Menschen umbringen, die Dir nicht geholfen haben, bringst Du mich am Ende auch noch um, dann sag es mir lieber gleich." „Du verstehst immer noch nicht was eigentlich los ist, ich musste versprechen noch jemandem die Chance zu geben mir zu helfen, Du kannst die Menschen retten, indem Du sie anzeigst und die Beweise besorgst, damit sie bestraft werden können. Wenn Du das nicht hinbekommst, werden sie alle sterben, ich bringe sie vor den Schöpfer, damit er sie dann bestrafen kann, das ist der Deal." „Was denn für ein Deal, sprich doch nicht immer in Rätseln, das geht mir auf den Geist. Wie stellst Du Dir das denn vor, Du zeigst mir für eine Geschichte lang Menschen, die etwas mit Deinem Schicksal zu tun haben, die dann wieder verschwinden, wie soll ich die wieder finden. Und wenn ich sie dann wieder finde wie diese Frau, dann bringst Du sie vor meinen Augen doch noch um, Du willst doch gar nicht, dass sie hier verurteilt werden, das ist doch nur leeres Gerede." „Du hast Recht, den Deal, den habe ich mit dem Schöpfer gemacht, mehr kann ich Dir dazu jetzt nicht sagen, das kommt später. Du sollst mir natürlich nicht dazwischen pfuschen, Du sollst die Leute anzeigen, damit alles an die Öffentlichkeit kommt, das ist alles was ich von Dir will. Wenn Du noch lange wartest ist es für Dich allerdings auch zu spät. Dann steckst Du zu tief mit drin, also überlege es Dir gut und handele." „Jetzt drohst Du mir also, aber ich habe mit der Sache nichts zu tun." „Sei Dir da nicht so sicher, wenn Du Dein Wissen für Dich behältst und man Dir später dieses Wissen nachweisen kann, sieht das nicht so gut für Dich aus, aber lassen wir das für heute, Du musst mal wieder schlafen und ich habe noch einige Vorbereitungen zu treffen, Du wirst wieder von mir hören, schlaf gut." Ich hatte einen trockenen Mund und ging ins Bad um ein wenig Wasser zu trinken, anschließend legt ich mich ins Bett und schlief traumlos bis in den Morgen.

11

Es schien die Sonne durchs Fenster und ich hatte eine Idee, ich wusste zwar noch nicht ob sie mich weiter bringen würde, aber trotzdem hielt ich Sie für gut. Ich zog mir schnell ein paar warme Sachen über, die Sonnenstrahlen am Morgen konnten einen ganz schön täuschen und einem suggerieren, dass es bereits angenehm warm ist, so war es aber meistens um diese Zeit, zu dieser Jahreszeit, noch nicht. Dazu kam der Wind, den man so noch nicht sehen konnte. Ich ging direkt zum Hafen und von dort ins Dorf. Ich wusste von früher wo ich hin wollte und hoffte, dass es den Laden noch an derselben Stelle gab. Ich ging durch eine Gasse und bog dann nach rechts ab, dort an der nächsten Ecke war früher der Inselfotograf und ich hatte Glück, er war nicht umgezogen. Es wurden noch immer endlos viele Fotos von den Neuankömmlingen gemacht, genauso von den Wattwanderungen und anderen Ereignissen wo sich die Touristen tummelten. Ich suchte die Schaufenster ab und da waren die Fotos vom gestrigen Tag. Ich war mir nicht sicher wonach ich eigentlich suchte, aber ich sah sie mir alle ganz genau an. Auf einem sah man uns auf dem Hügel sitzen, aber das war es nicht. Ich schaute weiter, nichts was mir irgendetwas sagte. Ich ging zum nächsten Schaufenster, dort waren die Bilder von den Tagen zuvor und plötzlich sah ich ihn, er war am Vorabend gekommen, er schien den Fotografen auszuweichen, hatte es aber nicht ganz geschafft. Er war allein und ging direkt an allen vorbei, so sah es zumindest aus. Ich brauchte von dem Bild einen Abzug, musste also später nochmal hierher zurück. Ich sah mir die restlichen Bilder auch noch an, als ich bei der Vorwoche angekommen war stockte mir der Atem. Auf mehreren Bildern war die alte Frau mit ihrem Rucksack, sie war vor gut einer Woche angekommen und war herzlich empfangen worden, von einer jüngeren Frau, die ihr ähnlich sah. Sie umarmten sich und die Jüngere nahm ihr den Rucksack ab. Sie musste bereits auf der Insel gewesen sein, vielleicht wohnte sie sogar hier, damit hatte ich nicht gerechnet. Ich dachte nach und kam zu dem Entschluss, dass es sich um die Tochter handeln musste. Sie war noch hier, ich holte mein Handy aus der Tasche und war froh über diese Erfindung. Ich fotografierte die Bilder im Aushang und speicherte sie, das war ein ganz neuer Ansatz, aber wieso hatte der Junge noch nichts von seiner Mutter erwähnt, er musste doch wissen, dass sie auch hier war oder ist. Egal, auch hiervon brauchte ich später Abzüge. Ich ging die gesamten übrigen Bilder durch, fand aber nichts mehr und machte mich somit auf den Weg zurück zu meiner Unterkunft. Zurück auf meinem Zimmer zog ich mich wieder um und ging zum Frühstücksraum. Die Kellnerin grüßte und winkte mich zu sich als sie mich sah. Ich ging zu ihr rüber und sie drückte mir einen Zettel in die Hand, ich schaute sie wohl recht ungläubig an und sie erklärte mir, dass vor einer Viertelstunde ein

Mann hier gewesen sei und den für mich abgegeben hatte, dann ließ sie mich stehen. Ich ging zu meinem Tisch und schenkte mir erst mal einen Kaffee ein, dann holte ich mir reichlich vom Buffet und setzte mich auf meinen Stuhl. Der Zettel lag neben meinem Teller und ich faltete ihn vorsichtig auseinander. Ich las langsam und überrascht, dass es heute Morgen nichts aus unserem Schachspiel wird. Er, der Schachspieler, müsse für ein paar Tage aufs Festland, käme aber auf jeden Fall zurück. Ich solle nichts Unüberlegtes alleine unternehmen, er wäre so schnell wie möglich wieder da. Woher wusste der Schachspieler wo ich wohnte und wie hatte er der Kellnerin erklärt wer ich war? Wir hatten nie über unsere Unterkünfte gesprochen und uns immer außerhalb verabredet. War er mir gefolgt und wenn ja warum? Er hätte mich doch nur fragen müssen. Zum anderen fragte ich mich was er so plötzlich für dringende Termine auf dem Festland hatte, sagte mir dann aber, dass mich das ja wohl nichts angehen würde, eigentlich kannten wir uns ja kaum. Ich steckte den Zettel in meine Hosentasche und fing erst mal an zu essen, es tat gut und für einen Augenblick fühlte ich mich richtig wohl. Ich fragte die Kellnerin nach einer Zeitung, die sie mir gerne brachte. Der Tod der alten Dame war natürlich auf der ersten Seite, es hieß sie sei auf der Rückreise von einem Kurzurlaub gewesen, nichts von einem Besuch der Tochter. Die Polizei ging von einem Unfall aus, es gäbe wohl keine anderen Hinweise. Der Junge war angeblich ausgerutscht und dann irgendwie durch die Stäbe über Bord gegangen. Entweder der Junge konnte gut lügen für die fünfzig Euro oder der große Junge hat mir eine falsche Geschichte erzählt, aber das war ja nun auch egal, schließlich war die Frau tot und darum ging es ihm ja. In einem anderen Artikel auf der Seite kam der Bürgermeister der Insel zu Wort, er überlege eine zentrale Trauerfeier für die Frau zu geben, müsse dieses aber noch mit den Kirchen und den Gemeindemitgliedern abklären. Es sei aber eigentlich nur eine Frage von Ehre und Anstand diese tatsächlich durchzuführen, schließlich war die Dame seit vielen Jahren immer wieder als Gast auf der Insel. Davon Abstand würde man wohl nur nehmen, wenn Angehörige dieses auf keinen Fall wünschten. Ein Termin würde in den nächsten Tagen bekannt gegeben, zu lange dürfe man natürlich auch nicht warten. Das war doch ein Ansatzpunkt für mich, wenn es die Tochter war, würde sie auf der Trauerfeier erscheinen, dann könnte ich ihr folgen, um herauszufinden wo sie wohnt. Vielleicht ergibt sich dann ja die Möglichkeit zu einem Gespräch. Natürlich nicht auf der Trauerfeier direkt, sondern später, ich könnte sie dann irgendwie abpassen. Zum Glück war bis dahin noch einige Zeit und ich konnte mir ein paar Fragen einfallen lassen, die ich ihr stellen wollte. Schade, dass der Schachspieler jetzt unterwegs war, mal sehen ob er es bis zu dieser Trauerfeier, wenn sie denn stattfindet, schafft zurück zu sein. Kommt er überhaupt zurück? Schoss es mir durch den Kopf. Vielleicht hat er festgestellt, dass ich nicht mehr ganz richtig im Kopf bin und war lediglich so nett sich zu verabschieden. Nein, das glaubte ich nicht, auch wenn ich in den letzten Tagen zugegebenermaßen selbst an meinem Verstand gezweifelt habe. Ich beendete mein Frühstück, ließ die Zeitung auf dem Tisch liegen und ging zurück auf mein Zimmer. Später am Vormittag machte ich mich auf den Weg zum Fotoladen. Ich bestellte Abzüge von allen Bildern wo die alte Frau drauf zu sehen war. Der Mitarbeiter in dem Geschäft fragte ob ich von der Presse sei, was ich natürlich verneinte, ich versuchte ihm zu erklären, dass die Tochter mich geschickt habe zu gucken, ob es Fotos gäbe und diese gegebenenfalls zu kaufen und dass ich das hiermit tun würde. Er stellte keine weiteren Fragen, schließlich war es sein Geschäft Fotos zu verkaufen und da konnte es ihm ja egal sein wer welche Fotos für was haben wollte. Ich ging zum Kurhaus und setzte mich auf eine Bank, es gab erst mal nichts für mich zu tun, ich musste abwarten und versuchte meine Gedanken in eine andere Richtung zu lenken. Irgendwann musste ich diese Insel wieder verlassen und in mein Leben zurückkehren, was ich in den letzten Tagen irgendwie aus den Augen verloren habe. Mir fiel ein, dass ich mich erholen wollte und beschloss ins Kurbad zu gehen. Ich holte meine Badesachen aus meinem Zimmer und kaufte eine Nachmittagskarte inklusive Saunanutzung. Es war nicht allzu viel los, die Sonne hatte sich gehalten und so gingen die meisten Inselgäste am Strand spazieren oder saßen in einem Strandkorb und genossen windgeschützt die Sonne. Ich zog mich um und schwamm erst mal ein paar Bahnen, anschließend legte ich mich in den riesengroßen Whirlpool, zwei weitere Gäste nutzten diesen, was aber nicht weiter störte. Danach holte ich mir etwas zu trinken, kühlte ein wenig aus und betrat den Saunabereich. Ich setzte mich auf die oberste Stufe und schloss die Augen, langsam öffneten sich die Poren und der Schweiß bildete Perlen auf der Haut bis sie sich zu einem Rinnsal vereinten und an mir herunterflossen, ein angenehmes Gefühl. Nach einer Viertelstunde stand ich auf, nahm mein Handtuch, duschte kalt und ging auf die Terrasse, die direkt vom Saunabereich zugänglich war. Ich legte mich auf einen Liegestuhl und kühlte schon wieder aus. Der erste Tag, seit dem ich auf dieser Insel angekommen bin, an dem ich mich wirklich erholte. Ich vergaß zwischenzeitlich die ganzen Vorkommnisse der vergangenen Tage und als sie mir wieder einfielen merkte ich, dass ich das erste Mal seit langer Zeit irgendwo sitzen konnte ohne das mir jemand eine Geschichte erzählt. Hatte der Junge keine Lust mehr mir jemanden zu schicken, oder waren bereits alle erwähnt, die ihm wichtig waren? Fragen, auf die ich keine Antwort wollte und auch keine bekam, zumindest jetzt noch nicht. Ich verließ das Bad und fühlte mich innerlich gereinigt. Der Tag war bereits fortgeschritten und ich ging nochmal am Kurhaus vorbei um eventuell neue Bekanntmachungen zu lesen. Und tatsächlich, auf einem Aushang war eine öffentliche Trauerfeier für die alte Dame für den übernächsten Tag angekündigt, sie sollte morgens um zehn Uhr beginnen. Somit hatte ich einen weiteren Tag vor mir an dem ich mich erholen konnte, glaubte ich tatsächlich in diesem

Augenblick noch. Ich ging in das Restaurant, in dem ich die letzten zwei Tage bereits mit dem Schachspieler gespeist hatte und bestellte mir das Tagesgericht. Ich beobachtete die vorbeigehenden Leute und erkannte das eine oder andere Gesicht von den Fotos, die ich mir am Morgen angeschaut hatte. Das Essen kam und war gut, anschließend bezahlte ich und ging durch die Straßen. Mich überkam eine gewisse Ungeduld. Vielleicht war es auch Angst. Was würde als nächstes passieren? Konnte ich wirklich einfach die Zeit vergehen lassen? Wieso hatte sich der Junge tagsüber nicht gemeldet? Ich war oft genug alleine. Würde er wieder vorm Einschlafen kommen? Ich fing bereits an mich umzuschauen. Ich machte mir auch Sorgen um den Schachspieler. Der Junge schreckte offenbar vor nichts zurück. Er hatte schließlich gerade erst seine Oma getötet und zwar auf bestialische Weise. Welchen Tod hatte er für die Anderen vorgesehen? Hatte ich überhaupt ein Recht mich einzumischen? War es nicht legitim, wenn einer das Heft der Rache in die Hand nimmt, wenn ihm ein solches Schicksal widerfahren ist? Konnte man den Jungen nicht nur zu gut verstehen, dass er all diese Leute sterben sehen wollte? Aber wieso dann dieser Hilfeschrei mir gegenüber? Diese Aufforderung etwas zu unternehmen und was war das für ein Deal über den er gesprochen hatte, das verstand ich am allerwenigsten. Außer natürlich das ich nicht verstehen konnte, wie es diese Stimme immer wieder in meinen Kopf schaffte. Kein Mensch kann in einen anderen Kopf gelangen und dort fröhlich vor sich hin plaudern.

Also war er gar kein Mensch mehr, aber was dann, ein Geist? Ein Geist, der hin und wieder Menschengestalt annehmen kann, nein nein alles gequirlte Scheiße so was gab und gibt es nicht. Mit Logik kam ich hier nicht weiter, ich musste ihn fragen wie er das alles macht. Und bei der Gelegenheit muss ich ihn auch nochmal fragen, warum er gerade mich ausgewählt hat. Ich ging noch eine ganze Zeit durch die Straßen und dann beendete die einbrechende Dunkelheit diesen Tag und ich ging zurück zu meiner Herberge. Ich fragte am Empfang ob eventuell etwas für mich abgegeben worden sei. Das wurde verneint und so ging ich zur Treppe, schloss mein Zimmer auf und zog mir direkt den Schlafanzug an. Ich rauchte noch eine Zigarette in meiner Rauchnische und legte mich aufs Bett. Ich kramte die Fotos raus und sah mir den Jungen an, er sah genauso aus wie vor ein paar Tagen auf der Bank. Dann nahm ich das Bild der Mutter und legte es daneben, ich fand keine Ähnlichkeit, er hatte nichts von seiner Mutter, wenn sie es denn war, das war bis jetzt ja nur meine Vermutung. Somit hatte er auch keinerlei Ähnlichkeit mit seiner Oma, die sah der Mutter nämlich sehr ähnlich. Wusste er wer sein Vater war? Ich meine sein Leiblicher. Musste der womöglich auch noch sterben oder war der schon tot? Genauso wie sein Ersatzvater, der Priester. Hatte er mit dem Tod des Priesters auch etwas zu tun? Wie war das, der starb in Thailand, wenn ich mich richtig erinnerte. Ich musste anfangen mir Notizen zu machen, damit ich nichts durcheinander bringe. Das waren in den letzten Tagen aber auch eine Menge

Informationen, die ich da bekommen habe. Ich beschloss für den nächsten Tag mir eine Zeichnung zu machen, wer mit wem da alles zusammenhängt und wer bereits verstorben war. Ich legte die Bilder zusammen und auf den Nachtisch. Dort lag ein Prospekt, ich nahm es und fing an zu lesen, nach ein paar Zeilen schlief ich ein.

12

Ich wurde wach als das Prospekt aus dem Bett fiel, draußen waren bereits die ersten Gäste unterwegs und ich wunderte mich wie lange ich geschlafen hatte. Irgendetwas fehlte mir gestern Abend. Richtig, die Stimme ist nicht gekommen, warum? Hatte ich ihn beleidigt? Egal, er würde sich schon wieder melden, wenn er es denn für notwendig hält. Nach dem Frühstück suchte ich mir einen Schreibwarenhandel und kaufte einen DIN A3 Block und einige verschieden farbige Filzschreiber. Außerdem noch eine Rolle Klebeband und eine kleine Schere. Damit bewaffnet ging ich zurück auf mein Zimmer. Ich schrieb sämtliche Personen auf, die mir bis jetzt begegnet waren und schnitt sie aus. Ich klebte den Namen des Jungen in die Mitte und verteilte die anderen Namen darum. Anschließend zog ich Verbindungspfeile und darauf schrieb ich den Zeitraum, in dem sie Kontakt zu dem Jungen hatten. Abschließend verband ich dann die Namen, die miteinander zu tun hatten. Also den Arzt mit dem Vater, auch wenn der mir ja nie begegnet war, er gehörte trotzdem dazu und ich wollte herausfinden wie er ums Leben gekommen ist. Wenn der Schachspieler zurück ist, muss ich ihn nochmal nach dem Namen fragen. Notfalls sollte er in seinen Praxisunterlagen nachsehen lassen, dass dürfte doch kein Problem sein. Ich betrachtete mein fertiges Werk und stellte es auf das Tischchen gegenüber dem Bett. Anschließend ging ich raus und suchte nach einem Internetcafé, so etwas gab es mit Sicherheit auf der Insel. Schließlich machten hier auch junge Menschen Urlaub, die Geheimnisse vor ihren Eltern hatten. Ich fragte schließlich einen Kutscher, der am Straßenrand auf Fahrgäste wartete. Er überlegte kurz und beschrieb mir dann den Weg. Ich fand den schmuddeligen Laden mit insgesamt sieben Rechnern, von denen zwei besetzt waren und mietete mich in der hintersten Ecke ein, ich wollte nicht beobachtet werden. An den beiden besetzten Geräten wurde offensichtlich gespielt und man beachtete mich nicht. Ich suchte nach dem Priester und einige Zeit später fand ich die ersten Hinweise und die richtigen Zeitungsausschnitte über die Zusammenhänge des Todes in Thailand. Ich las alles was darüber geschrieben wurde, wechselte von einem Link zum nächsten und machte mir Notizen, später wollte ich dann meine eigene Zusammenfassung schreiben. Als ich den Laden wieder verließ waren unglaubliche fünf Stunden vergangen, was die beiden Spieler aber offensichtlich nicht im Geringsten interessierte, sie daddelten weiter an ihren Geräten. Ich ließ mir den Wind durch die Haare wehen und machte einen Schlenker am Schachspiel vorbei. Es wurde gespielt und ich sah einige Zeit zu, bis ich wusste wie das Spiel ausgehen würde. Ein wenig durchgefroren machte ich mich dann auf den Weg zurück auf mein Zimmer. Ich wollte noch schnell meine Notizen in einen Text verwandeln, bevor ich mich auf das Abendessen vorbereiten würde. Ich eilte die letzten Schritte regelrecht zurück, warf meine Jacke auf das Bett, nahm meine Notizzettel aus der Hosentasche, sortierte sie auf dem Tisch und nahm mir ein Blatt von dem großen Block. Ich teilte es zweimal ehe ich begann zu schreiben. Eine Stunde später stand folgender Text auf dem Zettel:

Der Vater war seit zehn Jahren regelmäßig in seinem Urlaub in Thailand und verbrachte diesen immer in demselben Hotel. Laut des Hoteldirektors war er stets unauffällig gewesen, ein Page berichtete, er hätte öfter Jungenbesuch bei dem Mann gesehen, hatte sich aber nichts dabei gedacht. Zum einen war der Mann ein Geistlicher und zum anderen war das bei vielen Gästen des Hauses der Fall. Der darauf angesprochene Hoteldirektor widersprach diesen Aussagen, so etwas würde es in seinem Hotel nicht geben und würde von ihm auch nicht geduldet. Man fand den Vater tot in der Badewanne seines Zimmers. Er war ausgezogen und ihm wurde sein Genital abgetrennt, es lag auf der Ablage über dem Waschbecken. Die Polizei hatte nicht die geringste Spur und konnte auch keinerlei Erklärungen abgeben. Es gab nur dürftige Hinweise durch die anderen Hotelgäste. Der Leichnam wies keine weiteren Spuren von Gewalt auf, er hatte sich offenbar nicht gewährt. Zwischen den Zeilen konnte man lesen, dass er seinen Mörder eventuell kannte. Es gab aber im gesamten Zimmer keinerlei Spur einer anderen Person, außer den Spuren, die das Hotelpersonal so hinterlässt. Acht Wochen später wurden die Untersuchungen ergebnislos eingestellt. Der Leichnam wurde nach Deutschland überführt, von der Beisetzung gibt es keine Berichte, eventuelle polizeiliche Ermittlungen der deutschen Behörden wurden ebenfalls nirgends erwähnt. Keinerlei Erwähnung eines Kindes, was in der Obhut des Mannes war.

Ich las mir alles noch ein paar Mal durch bevor ich meine Notizen wegschmiss, das Ganze gefiel mir gar nicht. Der Junge war zu dem Zeitpunkt in seinem Keller eingesperrt, zumindest war das mein Kenntnisstand. Er kam also als Täter nicht in Frage, obwohl einiges für ihn sprach. Vor allem die Brutalität, mit der auch hier anscheinend vorgegangen wurde. Die offenen Fragen wurden immer mehr anstatt weniger und die Frage was ich zu tun gedachte wurde auch immer schwieriger zu beantworten. Ich klebte den Zettel zu den Anderen und ging etwas essen. Es war ein angenehmer Abend und nachdem ich einen Absacker getrunken hatte ging ich zurück und wollte mich schlafen legen.

Besucher

„So, so, jetzt machst Du Dich endlich an die Arbeit, ich verstehe zwar nicht wieso Du Dich jetzt für den Tod meines Peinigers interessierst, aber immerhin tust Du jetzt etwas." Er war wieder da und zwar kurz bevor ich einschlafen konnte. „Ich weiß zwar nicht wie, aber ich glaube Du hast mit dem Tod des Mannes etwas zu tun", flüsterte ich in den Raum. „Du musst nicht flüstern, Dich hört hier keiner und mir ist es völlig egal wie laut oder leise Du redest, ich verstehe Dich so oder so. Ich merke, dass ich Dir viel früher als ich es wollte von meinem Deal erzählen muss." Da war es wieder, das Gerede von einem Deal, dass ich bereits wieder vergessen hatte. Ich war sehr gespannt was jetzt kommen würde. Eine weitere Unglaublichkeit? Ich wollte natürlich nicht drängeln und ihn schon gar nicht unterbrechen, dass er das nicht leiden konnte wusste ich ja bereits, also wartete ich ab. „Es ist eine komplizierte Geschichte und ich weiß natürlich nicht, ob Du sie mir glauben wirst, wahrscheinlich eher nicht, aber das ist nun egal, ich weiß, dass es sich genau so zugetragen hat." Er schwieg wieder und ich ging zum Kühlschrank und holte mir ein Wasser, an schlafen war nun sowieso nicht mehr zu denken. Es passierte eine ganze Weile gar nichts, mein Wasser war bereits ausgetrunken, als er endlich anfing zu erzählen. Seine Stimme klang ein wenig ruhiger, fast gedämpft, es schien ihm schwer zu fallen die richtigen

113

Worte zu finden. „Einen Tag bevor der Mann nach Thailand geflogen ist kam er zu mir in den Keller, er sagte mir, dass er verreisen würde, deshalb brachte er mir eine größere Menge an Lebensmitteln als sonst. Es würde in den nächsten zwei Wochen auch kein anderer Besucher zu mir kommen, ich sollte mich nicht wundern, dann gab er mir noch eine Schale mit Schokoladenpudding und sagte, dass die für gleich sei, er drückte mir einen Löffel in die Hand und setzte sich neben mich aufs Bett. Ich aß den Pudding, ja ich schlang ihn regelrecht runter. Ich merkte sofort das etwas nicht stimmte, wollte mir aber nichts anmerken lassen. Es war nicht das erste Mal das er irgendwelche Drogen oder was weiß ich unter das Essen gemischt hat. Es wirkte diesmal viel schneller, alles fing sich an zu drehen und ein Schleier legte sich über meinen Kopf und meine Augen. Das letzte was ich sah war, dass er zur Tür ging, dann war ich weg. Und das was jetzt kommt, darf ich Dir eigentlich jetzt noch nicht erzählen und Du wirst es, sobald das alles vorbei ist, wieder vergessen, es wird aus Deinem Kopf gestrichen, Du wirst Dich erst an Deinem letzten Tag wieder daran erinnern und dann wirst Du es selbst erleben. Willst Du es wirklich hören?" Ich sprang auf und rannte durch mein Zimmer, eine unglaubliche Unruhe war plötzlich in mir. Es war als wenn sich etwas dagegen wehren würde, aber die Neugier war zu groß. Ich wusste, dass ich es nicht wissen durfte und wollte es doch. Es ist wie mit allem Verbotenen. Wer auch immer einem etwas verbietet, er steigert das

Verlangen nach dem tun und so blieb mir nichts anderes als zu nicken, es zu sagen traute ich mich nicht. „Dann setz Dich wieder hin, die Rumlauferei macht einen ja irre." Ich setzte mich und wartete. „Ich habe den Tag nicht überlebt, ich weiß nicht was passiert war, zumindest kam ich wieder zu mir und saß in einem Raum, der so weiß war, wie ich es noch nie gesehen hatte, und es war so still wie es selbst in meinem Keller niemals sein konnte. Ich war völlig allein, die Wände schienen keine wirkliche Festigkeit zu besitzen, waren aber dennoch da. Es erschien ein fast durchsichtiges Wesen und nahm mich an der Hand, wir gingen durch die Wand in einen großen weiteren Raum in dem ein riesiger Tisch stand. Auf der einen Seite saß ein Mann, er war alt, doch das wusste man nur, man sah es nicht. Ich wurde auf einen Stuhl ihm gegenüber gesetzt. Der Mann blätterte in einer Art Akte und sah mir dann in die Augen, nein er sah mir in den Kopf, er war in meinem Kopf. -Du kommst zu früh-, klang es in meinem Kopf und dann erklärte er mir, dass das so nicht vorgesehen war. Er fragte mich, ob er mich zurück schicken könnte, um die Sache für ihn zu erledigen, was ich nicht sofort verstand. Er erklärte mir, dass er einen Fehler gemacht hat, er hat mal wieder einen Augenblick nicht aufgepasst, er würde mir jetzt die Chance geben, Rache zu nehmen, genau so hat er sich natürlich nicht ausgedrückt, er sprach vielmehr von gerechter Strafe für die Verfehlungen dieser dummen Menschen. Er wisse auch nicht, wie es zu so vielen dummen Menschen kommen konnte, er habe den Überblick verloren und käme mit der vorgesehenen Bestrafung nicht mehr nach. Kurz und gut, ich sollte ihm all die bringen die nichts getan haben, obwohl sie von meinem Schicksal wussten. Ich überlegte natürlich nicht lange, ich wusste inzwischen aus Büchern, dass es da wo ich jetzt gerade gestorben bin, ein besseres Leben gab als das was ich bis jetzt geführt hatte, doch ich stellte eine Bedingung. Ich dürfe nicht mehr lange in dem Keller eingesperrt bleiben und der Mann, der jetzt Urlaub machte, durfte nicht zurückkommen. Der Schöpfer überlegte kurz und schlug dann ein. Um den Mann könne er sich schon kümmern, da hätte er schon den Einen oder Anderen, der noch etwas gut zu machen hatte. Nur mit dem Keller würde es Schwierigkeiten geben, ich musste auf jeden Fall dorthin zurück, denn ich wäre ja nun gar nicht gestorben, mitbekommen hatte es ohnehin noch keiner. Der Priester war schon mit mir fertig gewesen und gegangen bevor ich starb", sagte der Schöpfer und klappte die Mappe zu. „Dann sind wir uns also einig, eines noch bevor Du zurück gebracht wirst, sobald Du aus dem Keller kommst, suche Dir einen Menschen, dem Du die Chance gibst Dir zu helfen und der die, die Dich im Stich gelassen haben, anzeigt, einen Menschen mit Rückgrat eben. Du kannst Dich ihm zeigen, Du kannst aber auch in seinen Kopf, wann immer Du willst. Du kannst ihn jederzeit beobachten und ihm notfalls erscheinen, aber sei vorsichtig." Ich nickte und war schon im Begriff wieder das Bewusstsein zu verlieren und tatsächlich, das nächste woran ich mich erinnere war, das ich aus einem Traum aufwachte, in dem einem

Mann in einem Hotelzimmer von drei kleinen Jungen, in der Badewanne liegend, sein Genital abgeschnitten wurde. Sie legten es auf die Ablage über dem Waschbecken und machten dann alles sauber, bevor sie verschwanden und ich erwachte. Ich war zurück in meinem Keller und den Rest der Geschichte kennst Du bereits und hast noch nichts daraus gemacht. Das ist also mein Deal mit dem Schöpfer." Ich saß mit offenem Mund da und atmete schwer, ein Geist, was anderes konnte es ja nicht sein, der Schöpfer schickt keinen zurück, jeder bekommt nur eine Chance, oder ist ihm seine Welt so aus dem Ruder gelaufen, dass er sich der Toten bedienen muss. Ich sagte nur: „Verschwinde für heute, ich muss über das Gesagte nachdenken und dann ein wenig schlafen, ich werde morgen Deine Mutter treffen, wahrscheinlich zumindest. Ich gehe davon aus, dass Du nicht kommen wirst." Es war ruhig, offensichtlich hatte er verstanden und ist gegangen. Ich brauchte frische Luft, hatte aber zu weiche Knie um raus zu gehen, also stellte ich mich an meine Balkontür und atmete tief ein und aus. Nach einiger Zeit ging es wieder und ich schloss die Tür, goss mir noch ein Glas Wasser ein, stellte es auf den Nachtisch und legte mich hin. Schlaf habe ich in dieser Nacht nur sehr wenig gefunden, wen wundert es.

13

Ich überlegte was ich anziehen sollte, zu dieser Trauerfeier. Würden viele Inselgäste daran teilnehmen um
Mitgefühl zu heucheln mit der armen Frau? Es wusste ja
keiner von der Geschichte dahinter. Von dem Enkel,
der ihr eine Falle gestellt hatte. Was wird Schöpfer mit
ihr gemacht haben? Das sie tot war, haben zu viele
Menschen gesehen, die konnte er nicht zurück schicken und wenn ich das richtig verstanden habe, sollte
der Junge die Menschen die ihm nicht geholfen haben
zum Schöpfer bringen, also töten im Namen des Herren. Na das war ja nun auch nichts wirklich Neues, das
gibt es in der heutigen Zeit viel zu viel, ist immer nur eine
Auslegungssache welcher Herr gerade gemeint ist, pfui
Teufel. Ich stellte fest, dass ich keine Kleidung für eine
Trauerfeier dabei hatte, aber das hatten ja sicher die
wenigsten Inselgäste. Ich würde mich in eine hintere
Reihe setzen und wahrscheinlich gar nicht auffallen.
Immerhin hatte ich ja eine dunkle Hose und eine dunkle
Jacke, nicht schwarz aber dunkel. Ich hoffte innerlich,
dass der Schachspieler zurück ist, konnte es mir aber
nicht so recht vorstellen. Die Trauerfeier sollte um 13 Uhr
beginnen, es war noch ausreichend Zeit. Ich ging trotzdem nach dem Frühstück schon mal an der Kirche vorbei und sah, dass dort reges Treiben herrschte. Die ersten Fernsehteams bauten ihre Kameras auf und die In-
selpolizei errichtete Absperrungen. Man wollte kein zu
wildes Durcheinander, schließlich handelte es sich um

eine Trauerfeier. Ich ging rasch weiter und setzte mich ans Schachbrett. Keiner spielte und so konnte ich meine Gedanken der Nacht unbeirrt fortsetzen, kam aber nicht weiter. Ich musste etwas tun, soweit war mir das schon klar, nur was, das wollte mir einfach nicht in den Kopf. Ich brauchte jemanden zum Reden, nur nicht den Jungen, den auf keinen Fall. Vom Hafen erklang das dreifache Hupen, das anzeigt, dass die Fähre wieder ablegt. Die Morgenfähre war also schon gekommen und machte sich jetzt auf den Weg zurück, den Bauch voller Gäste die zurück mussten in ihre Heimat um dem Alltag nachzugehen. Manch einer wird dabei wohl viel Wehmut im Herzen tragen. Eine Hand legte sich auf meine Schulter und für einen Augenblick befürchtete ich, dass es der Junge ist, so dass ich erstarrte und die Kraft mich umzudrehen mir aus den Muskeln schwand. Doch dann vernahm ich die Stimme des Schachspielers und entspannte. Er sagte ich solle nicht erschrecken, er sei soeben wieder angekommen und hoffte mich hier zu treffen. Ich stand auf und wir umarmten uns wie zwei alte Freunde, die sich nach langer Zeit wieder sahen. Wir setzten uns und ich fragte, ob er denn alles erledigen konnte, worauf er kurz nickte. Dann saßen wir eine Weile schweigend nebeneinander. Als wir einige Augenblicke später zum Strand gingen, erzählte ich ihm was in der Zwischenzeit passiert war und was ich so herausgefunden hatte. Nachdem ich mit dem Termin für die Trauerfeier geendet hatte, sagte er, dass er sich dann schnell was anderes anziehen wolle, damit er nicht zu sehr auffallen würde. Ich ging mit ihm und er hatte nichts dagegen. Er war ganz in der Nähe von meinem Hotel abgestiegen und mir wurde klar, dass wir wohl schon öfters fasst denselben Weg zu unseren Unterkünften gegangen waren und mir wurde mit einem Schlag klar woher er wusste wo ich untergekommen war. Seine Unterkunft bestand aus zwei Räumen, einer Art Wohnraum mit einer Sitzecke, in der ich erst mal Platz nahm und einem separaten Schlafzimmer. Dorthin verschwand er und kam kurze Zeit später dunkel gekleidet wieder raus. Er sagte, dass er mir später von seinen Erkundigungen erzählen würde, wir müssten jetzt erst mal versuchen mit der Mutter ins Gespräch zu kommen. Er schien überhaupt nicht überrascht zu sein von meinen neuen Begegnungen mit dem Jungen, wobei es ja nur bilderlose Begegnungen waren. Er stellte keine Fragen, obwohl er voll davon sein musste. Er machte uns noch schnell einen Kaffee und setzte sich zu mir. „Das ist alles sehr schwer zu begreifen", fing er an, „aber irgendwie erscheint es auch ein wenig logisch, wir müssen erst mal davon ausgehen, dass alles so ist wie es Dir erzählt wurde, sonst kommen wir nicht weiter." Wir tranken unseren Kaffee aus und zogen uns die Jacken über, anschließend gingen wir Richtung Trauerfeier. Es waren bereits einige Leute unterwegs und ich hatte den Eindruck, dass sich die ganze Insel versammeln sollte. Wir suchten uns einen Platz in den hinteren Reihen und beobachteten die ankommenden Leute. Die Tochter war noch nicht erschienen, ich hatte das Foto dabei und zeigte es dem Schachspieler. Er betrachtete es lange und bestätigte dann die von mir erwähnte Ähnlichkeit mit der alten Frau. Es war ein Bild von ihr auf der Bühne aufgestellt. Die Reihen füllten sich und kurz bevor der Bürgermeister die Bühne betrat kam die die junge Frau, begleitet von zwei Herren und einer Frau. Sie setzte sich in die für sie vorgesehene erste Reihe. Der Bürgermeister hielt eine ansprechende Rede über die Freude, die einem die Insel bringen kann und die die Frau immer wieder hier her geführt hat. Er sprach seine Anteilnahme ausgesprochen glaubwürdig aus und übergab dann dem Priester. Dieser schwafelte dann etwas langatmig über das Leben und sein Ende und ich dachte, dass er wohl nicht wirklich vieles von dem wusste, was ich in den letzten Tagen so erfahren hab, aber woher auch. Die Kirche mutmaßt ja auch nur über das, was uns nach dem Tod erwartet. Nach dem Priester trat einer der Begleiter der Mutter ans Mikrofon und schilderte einige Auszüge aus dem Leben der Frau. Jetzt wurde es doch sehr ergreifend, doch von der Suche nach dem Jungen verlor auch er kein Wort. Zum Schluss ging dann noch eine Sammelschatulle durch die Reihen, in der für die Hinterbliebene gesammelt wurde. Die Gesellschaft bildete dann noch für einige Zeit Gruppen, in denen über den Todesfall gesprochen wurde. Was mir wirklich fehlte, waren irgendwelche Worte des Dankes von den Eltern des Jungen, weswegen sie überhaupt ins Wasser gesprungen war. Ich sah nicht einmal irgendwo die Familie mit dem Jungen, sie schienen nicht gekommen zu sein. Als sich dann alles aufzulösen begann näherten wir uns der jungen Frau und sprachen ihr unser Mitgefühl aus. Ich fragte sie, nachdem ich ihr erklärt hatte, dass ich mit ihrer Mutter erst vor ein paar Tagen auf der Insel gesprochen hatte, ob wir uns in den nächsten Tagen nochmal unterhalten könnten. Sie überlegte nicht, sondern lud uns beide für den nächsten Nachmittag zu sich ein. Wir verabschiedeten uns und gingen zum Schachbrett. Wir wollten zur Ablenkung eine Runde spielen. Beim Weggehen schaute ich nochmal über den Platz, aber der Junge war nicht zu sehen. Nachdem wir zwei Partien gespielt hatten, die beide mit einem Unentschieden endeten, gingen wir etwas essen und anschließend erzählte mir der Schachspieler was er in der Zwischenzeit erlebt hatte. „Ich hatte in der Nacht vor meiner Abreise kein Auge zu bekommen", fing er an, „ich musste nach Hause und meine alten Unterlagen durchsehen, ob ich irgendetwas über diese Frau noch in den Akten hatte. Es ließ mir einfach keine Ruhe, aber ich muss es vorwegnehmen, ich habe nichts gefunden, der Fall musste so alt sein, dass er aus meinen Archiven bereits gelöscht wurde. Fragen Sie mich nicht nach den Aufbewahrungsfristen, dafür habe ich eine Helferin, die sich darum kümmert, dass mein Archiv nicht aus allen Nähten platzt. Wenn ich aber schon mal zu Hause war, sah ich natürlich meine Post durch, in der auch nichts besonders zu finden war, was ich natürlich auch nicht erwartet hatte, aber es beruhigte mich trotzdem. Ich überlegte mich sofort wieder auf den Rückweg zu machen und entschied mich dann aber auch noch die Zeitungen der paar

Tage durchzublättern, was sich als Volltreffer heraus-
stellen sollte. Ich weiß ja nicht, ob sie mir schon alles erzählt haben, aber wenn ja, dann ist das jetzt für sie
auch neu. Ich will es nicht unnötig spannend machen,
das ist die ganze Situation ja sowieso schon. Es handelt
sich um den Polizisten, von dem sie mir erzählt haben,
der der sie mitgenommen hat und dann von seiner toten Frau erzählt hat. Der hatte ja auch Kontakt mit dem
Jungen. Auch wenn nur, als er schon älter war und eigentlich eher am Rande. Aber der Junge hatte sich ja
darüber beklagt, dass er ihm nicht geholfen habe, dass
er nichts unternommen habe, so als Polizist und offenbar musste er bereits dafür büßen. Sie hatten zwar auch
erzählt, dass er geneigt war seinem Leben ein Ende zu
setzen, aber er hatte ja zwei Söhne die sich der Volljäh-
rigkeit näherten, wenn ich das alles noch richtig zusammen bringe. Zumindest fand ich einen Artikel über den
Tod des Mannes. Er ist zwar nicht gegen einen Baum
gefahren, in seinem Auto ist er trotzdem gestorben. Er
stand wohl an einem Stauende, hinter einem LKW aus
Litauen, der Bäume geladen hatte. Anscheinend
wollte er die nächste Abfahrt runter, musste aber noch
an einem LKW auf dem Standstreifen vorbei, bevor er
diesen hätte benutzen können. Der LKW aus der Ukra-
ine, der von hinten angerauscht kam, hat das Stauende zu spät registriert, der Geländewagen vor ihm hat
ihm das Leben gerettet, denn so wurde er nicht mehr
von den Bäumen zerquetscht, sondern hatte einen Puffer der gerade so gereicht hat. Der Puffer war allerdings
kaum noch zu erkennen, es sah wohl aus, wie direkt aus

der Schrottpresse auf die Straße gelegt, es war praktisch unmöglich die Überreste des Polizisten aus dem Wrack zu bergen. Der ukrainische LKW Fahrer gab an, nachdem man endlich einen Dolmetscher aufgetrieben habe, dass er plötzlich Stimmen gehört habe und dachte, dass sein Radio stören würde. Er war beschäftigt, abgelenkt oder wie auch immer man es beschreiben soll. Zumindest hatte der Polizist keine Chance, ein Alkohol und Drogentest bei dem LKW Fahrer haben nichts ergeben. Mir stellt sich jetzt die Frage, ob der Junge da seine Finger auch mit ihm Spiel hatte und wenn ich mir ihre Geschichte so anhöre, wie er die alte Frau um die Ecke gebracht hat, bin ich mir sicher, dass er dem LKW Fahrer ins Ohr geplaudert hat, so wie er es mit Ihnen ja auch immer wieder tut. Ich suchte die nächsten Tageszeitungen noch durch, fand aber keine weiteren Artikel. Und dann machte ich mich so schnell es ging wieder auf den Weg hierher. Was in aller Welt sollen wir denn jetzt unternehmen? Können wir überhaupt noch etwas machen? Müssen wir gar auf uns aufpassen? Ich bekomme es langsam mit der Angst zu tun, obwohl ich nicht dazu neige Selbstauslöschungsgedanken zu pflegen." Ich muss ehrlich sagen, dass ich von der Geschichte nicht sonderlich überrascht war, irgendwie hatte ich bereits damit gerechnet, dass es den Polizisten schon nicht mehr geben wird. Wie geschickt hatte es der Junge nur wieder angestellt, dass wir davon erfuhren. Da hat er den Schachspieler solange nervös gemacht, bis dieser sich auf den Heimweg gemacht hat und dann sorgte er dafür, dass er auch die Zeitungen las, wie auch immer er das hinbekommen hat, das Ganze war inzwischen doch sehr surreal. Ich bestellte für uns beide einen Cognac und wir gingen nach draußen um zu rauchen. Ich hatte keinen Plan und mein Gegenüber genauso wenig. Wir beschlossen gegenseitig auf uns aufzupassen, was natürlich völlig sinnlos war. Wie sollte man auf sich aufpassen, wenn der Schöpfer seine Hände im Spiel hat? Im Grunde handelte es sich bei dem Jungen ja um einen Geist, aber darüber sprachen wir erst mal nicht. Wir verabredeten uns für den nächsten Morgen, tauschten vorsichtshalber die Handynummern und verabschiedeten uns. Jeder ging auf sein Zimmer. Als ich in meinem angekommen war, bereitete ich mich darauf vor Besuch in meinem Kopf zu bekommen.

Besucher

„Jetzt hat mir dieser Kerl doch die Überraschung genommen, aber daran bin ja selber Schuld, hatte bloß nicht gedacht, dass er sofort wieder zurück fährt", klang es in meinen Ohren, nachdem ich mich gerade gesetzt hatte und die Füße auf dem Tisch ihren Platz gefunden haben, „er war nur noch am Jammern, dass die Welt so schlecht ist und dass er ohne seine Frau nicht zurecht käme. Jeden Abend am Flennen, das war kaum noch zum Aushalten. Was wollte er denn?

Hatte zwei Jungs, aus denen sicher mal was Anständiges wird, hatte ein nettes zu Hause, was bereits bezahlt war und sein Job. Sicher, für mich wäre der nichts gewesen, aber er hat ihn sich ja ausgesucht, war zumindest gut bezahlt. Er konnte das Leben mit seinen Jungs genießen, aber nein, wie bereits erwähnt nur am Jammern über die böse Welt. Als er die Chance hatte mal wieder etwas richtig Gutes zu tun, da hat er bei den ersten Schwierigkeiten wieder gekniffen und mich als Fall abgelegt. Übrigens war es ganz einfach den Brummifahrer abzulenken, der war völlig aufgelöst als ich anfing ihn voll zu brabbeln und dann war mit einem Knall alles vorbei, ein schneller Tod. Nur konnte ich ihm leider nicht mehr mitteilen, wem er diesen zu verdanken hatte, vielleicht auch besser so. Womöglich hätte er noch Danke gesagt und da wäre mir dann die Galle hochgekommen." „Na super, Du löschst also Einen nach dem Anderen aus und freust Dich drüber. Sagst wahrscheinlich noch, dass alles im Namen des Schöpfers geschieht. Ist das wirklich das was Du willst? Was hast Du davon? Ist Rache die einzig mögliche Lösung? Was hast Du denn am Ende mit mir vor? Wer muss noch alles dran glauben und was passiert wenn Du fertig bist? Gehst Du dann zurück zum Schöpfer und sagst, dass Du alles erledigst hättest und jetzt bereit seist für das Paradies? Das wird der Schöpfer doch auch nicht zulassen, er wird Dich in die Hölle schicken müssen." Er lacht und ich wollte mir schon die Ohren zuhalten, bevor mir rechtzeitig einfiel, dass das ja keinen Sinn hatte. Er hörte überhaupt nicht auf und ich schrie ihn an, er solle aufhören, doch das machte es noch schlimmer und so ergab ich mich, machte die Augen zu und wartete. Irgendwann ließ das Lachen nach und er räusperte sich: „Du musst entschuldigen, aber Deine Naivität ist schon zum Brüllen, ich habe einen Deal und was auch immer mich erwartet, wenn ich fertig bin, wird mich dahin führen, wofür ich vorgesehen war. Ich habe in meinem Leben keinem Menschen Leid zugefügt, das kam erst danach und dafür kann ich nicht bestraft werden, das solltest Du begreifen. Ich muss jetzt weiter, ein wenig muss ich noch organisieren. Gib Dir nicht zu viel Mühe, retten wirst Du jetzt wohl niemanden mehr können, vielleicht Dich selbst, konzentriere Dich am Besten darauf und guck nicht so böse drein, davon wird es auch nicht besser." „Dann verpiss Dich doch, ich habe sowieso genug von Dir", presste ich durch die Lippen und dann war Ruhe. Irgendwann schlief ich ein, die Anstrengungen des Tages waren größer, als die Unruhe wegen des Bevorstehenden.

Vorm Schöpfer

„Bringt ihn mir schnell rein, aber setzt ihn vorher zusammen, ich will diesen Brei auch nicht immer sehen, schnell, schnell ich habe noch andere Termine, könnt ihr euch das nicht merken, jeden Vormittag sind zwei Stunden vorgesehen für die Neuen, das muss auch reichen, also beeilt euch", tönt es über die Flure und zwei

Engel sind bemüht die Überreste zu einer Person zusammen zu flicken. Es gelingt schließlich und der Polizist sitzt dem Schöpfer gegenüber und schaut auf seine Füße. „Ich habe keine Lust auf Deine Geschichte, also verschone mich mit irgendwelchem Gejammer, das hast Du ja auf der Erde ausreichend zelebriert. Ich will nur eine Erklärung von Dir hören und bei der geht es um den Jungen, um den Du Dich nicht gekümmert hast, obwohl Dir bekannt war, dass dort ein Verbrechen vorgelegen haben musste. Ich habe Dich nicht Polizist werden lassen, um so etwas zu übersehen. Bedenke bei deinen Ausführungen, dass sie Einfluss auf meine Entscheidung haben werden was aus Dir die nächsten tausend Jahre wird, und nun fang an, ich gebe Dir fünf Minuten", donnerte der Schöpfer los und ließ sich anschließend schwer ausatmend zurück fallen, er wirkte schon jetzt gelangweilt. Der Polizist hob den Kopf und erschrak als er den Schöpfer sah, so als wenn er ihn gar nicht gehört hätte und sich alleine in diesem Raum wähnte, dann schüttelte er den Kopf und ließ ihn wieder sinken. Es vergingen vier Minuten ohne dass er sich regte. Dann flüsterte es aus ihm heraus: „Ich war zu sehr mit mir beschäftigt und am Ende habe ich dem Jungen wohl nicht geglaubt." „So, Du hast ihm nicht geglaubt. Das mit dem Glauben ist ja so eine Sache. Da habt ihr ja alle so eure Schwierigkeiten mit, aber was gab es denn hier nicht zu glauben. Ich höre wohl nicht richtig. Wie hätte ich es Dir denn glaubhaft machen können? Was hast Du denn noch gebraucht? Schafft den hier raus, ich muss kurz nachdenken, ich habe ja schon viel gehört, aber so einen Schwachsinn, mir ist ganz übel." Dann hörte man wie sich der Schöpfer hinter seinem Schreibtisch erbrach. Er musste gut gegessen haben, es hörte überhaupt nicht auf. Als er hinter seinem Schreibtisch wieder auftauchte, wischte er sich den Mund ab und formulierte einem Engel zum Mitschreiben: „Lasst ihn jeden Tag zusehen wie seine Söhne sterben, und führt ihn jeden Tag am Kerker seiner Frau vorbei, die auf glühenden Kohlen sitzt und pausenlos schreit. Er muss ja nicht wissen, dass es den Jungs gut ergeht und seine Frau einen friedlichen Platz in meinem ewigen Reich gefunden hat. Bringt ihn mir in zehn Jahren wieder her, damit ich ihn nochmals befragen kann, nein nicht in zehn in hundert, sonst wird mir nur wieder schlecht, nun muss ich aber los, der Teufel wartet. Wir wollen ein wenig über die Wolken spazieren." Der Engel notierte und verschwand dann durch die Tür, der Schöpfer verschwand durch die Wand und zurück blieb das weiße Licht.

14

Kraniche, auf dem Weg nach Süden, so glaube ich zumindest fliegen sie um diese Jahreszeit, weckten mich. Sie waren in großen Mengen über die Insel geflogen und wollten wohl in der Nähe eine Pause einlegen. Diese Vögel sind nicht leise wenn sie fliegen, sie unterhalten sich in einer Tour. Das Fliegen scheint nicht so anstrengend zu sein, dass sie an Luftknappheit leiden würden, so wie wenn man schnell joggen würde. Es war wohl eher ein ganz gemächliches Gehen in dem das Plaudern leicht fällt. Ich lauschte wie sie sich entfernten und lächelte. Der Vogelflug bringt einem immer die Jahreszeiten näher, im Frühjahr verkünden sie den nahenden Sommer und im Herbst verabschiedeten sie ihn. Immer hatte es etwas mit dem Sommer zu tun. Ich stand auf und bereitete mich auf den neuen Tag vor. Nachdem alles erledigt war und ich gefrühstückt hatte, machte ich mich auf den Weg zu meinem neuen Freund dem Schachspieler. Er war noch nicht da und so betrachtete ich die vorüber ziehenden Wolken und wartete. Keine zehn Minuten später kam er und nachdem wir uns begrüßt hatten, sagte er mir, dass er nicht mitkommen könne zu der jungen Frau, was ihm sehr leid täte. Ein Bekannter würde heute mit dem Flugzeug auf der Insel ankommen und den müsse er zwingend abholen, ich würde ihn am Abend mit Sicherheit kennenlernen. Wir setzten uns und ich sagte ihm, dass ich das sehr bedauern würde, den Weg aber natürlich auch alleine gehen könne. Vielleicht ist es auch besser, wenn wir nicht zu zweit über die Frau herfallen würden. Er sagte mir noch, dass ich genau zuhören solle und sie bei ihren Äußerungen beobachten müsse, vielleicht fällt mir da etwas auf. Ich fragte ihn, ob er etwas Bestimmtes meinen würde, was er verneinte. Dann stand er plötzlich auf und verabschiedete sich. Für mein Gefühl ein wenig zu hektisch, allerdings wusste ich ja nicht, um was für einen Bekannten es sich handelte. Zumindest war ich plötzlich wieder alleine. Ich kramte in meinen Taschen und zog das Bild der Frau mit ihrer Mutter heraus. Ich betrachtete es eine ganze Weile. Da es bis zum Nachmittag noch einige Zeit hin war, beschloss ich mich umzuziehen und ein paar Kilometer am Strand zu joggen. Das hatte ich die letzten Tage vernachlässigt und jetzt, wo ich daran dachte, merkte ich auch wie es mir bereits fehlte. Ich lief sonst jeden zweiten Tag zehn bis zwanzig Kilometer. Es half beim Denken und hielt mich gesund. Ich ging in einen der Läden auf der Promenade vorbei, in dem es Sportsachen gab und deckte mich mit dem Nötigsten ein. Am schwierigsten gestaltete sich der Schuhkauf, da es die von mir bevorzugte Marke leide nicht gab. Schließlich entschied ich mich für das Model, was der Verkäufer für das richtige hielt. Da es nicht das teuerste Paar war, glaubte ich ihm und bedankte mich für die Beratung. Auf meinem Zimmer zog ich mich um und ging dann Richtung Strand. Dort angekommen prüfte ich den Wind und entschied erst mal gegen ihn zu laufen, das würde den Rückweg erleichtern und los ging es. Es ist angenehm am Strand zu laufen, der Sand gibt ein wenig nach und das Geräusch der Brandung feuert einen regelrecht an. Es waren nur wenige Spaziergänger unterwegs und so konnte ich meinen Gedanken nachgehen. Ich überlegte was ich die junge Frau nachher fragen wollte und merkte dabei nicht einmal, wie lange ich bereits unterwegs war. Als ich auf meine Uhr schaute waren bereits fünfundvierzig Minuten vergangen, so dass ich sofort kehrt machte. Mehr als eineinhalb Stunden wollte ich nicht laufen, zumal sich langsam ein Zwicken in der Leiste bemerkbar machte. Man konnte das zwar noch ignorieren, musste es dennoch als kleine Warnung betrachten. Der Wind hatte zum Glück nicht gedreht und so schob er mich an meinen Ausgangspunkt zurück, an dem ich dann fast vorbei gelaufen wäre. Am Strand sieht es irgendwie überall gleich aus, ich hatte mir eine Kleinigkeit am Dünenübergang gemerkt und sah sie im letzten Moment. Ich stoppte und sah einen Augenblick einem Schiff am Horizont bei seiner Fahrt zu. Als mir bewusst wurde, dass ich auskühlte, machte ich mich rasch auf den Heimweg. Nachdem ich geduscht hatte beschloss ich eine Kleinigkeit zu essen, bevor ich zu meiner Verabredung aufbrechen sollte. Ein kleiner Fischimbiss lag auf dem Weg und dort wurde ein großartiges Labskaus angeboten, dazu trank ich ein Bier und hoffte, das man das nachher nicht riechen würde Das würde schließlich keinen guten Eindruck hinterlassen. Ich zahlte und machte mich auf den Weg. Es war ein kleines Haus am Dünenrand, idyllisch gelegen. Ich öffnete das Gartentor und sah wie sie mir durchs Fenster bereits zuwinkte. Die Haustür ging auf und die junge Frau lächelte mir entgegen, sie war mir sympathisch. Auf die Frage, wo denn mein Begleiter sei, erklärte ich ihr kurz die Umstände und dann bat sie mich rein. Es ging durch einen kleinen Flur direkt in die Küche, in der ein großer Esstisch stand auf dem für drei Leute gedeckt war. Sie ging hin, nahm ein Gedeck vom Tisch und bat mich Platz zu nehmen. Aus dem Fenster sah man direkt auf die Dünen und hörte das dahinter rauschende Wasser ohne es wirklich zu hören, die Vorstellung reichte völlig aus. Sie kam mit einer Kuchenplatte und einer Kaffeekanne an den Tisch, schenkte ein, tat den Kuchen auf die Teller und setzte sich dann zu mir. Sie fragte mich, woher ich ihre Mutter gekannt habe, was es mir erleichterte, denn so konnte ich frei erzählen. Ich fing an, wie sie sich zu mir gesetzt hatte und wiederholte dann so ziemlich alles, was die alte Frau mir erzählt hatte. Die junge Frau hörte fasziniert zu, schenkte zwischendurch Kaffee nach und aß dabei ihren Kuchen. Als ich fertig war sagte ich ihr, dass sie mir nicht erzählt hatte, dass ihre Tochter hier auf der Insel wohnen würde, da lachte sie. Ja, so war ihre Mutter, die Vergangenheit hatte es ihr angetan und sie sei zwar seit Jahren oft auf der Insel gewesen, aber in diesem Jahr das erste Mal bei ihr. Sie hatten sich jahrelang nichts zu sagen gehabt. Wenn sie mal telefonierten ging es immer nur um den verlorenen Sohn, immer und immer wieder die Frage nach dem, wo er denn jetzt sei und ob es ihm gut ginge. Sie konnte es ihr nicht sagen, weil sie es selber nicht wusste. Es gab damals noch diesen einen Kontakt zu dem Priester. Man traf sich in einem Lokal und da brachte dieser auch die Fotos von dem Jungen mit, sagte aber, dass es besser für den Jungen sei, wenn jetzt ein endgültiger Schnitt gemacht wird. Sie sah das in ihrer jugendlichen Naivität ein und schloss mit dem Thema ab. Was ihr wahrlich nicht so leicht gefallen ist, wie es sich jetzt vielleicht anhören würde. Ich überlegte, ob ich ihr auch von meiner Begegnung mit dem Jungen erzählen sollte, beschloss aber sofort das erst mal zu lassen, wie sollte ich ihr auch erklären, dass ihr Sohn tot sei und nur vom Schöpfer zurück auf die Erde geschickt wurde, um zu meucheln, nein das ging nicht. Ich fragte sie, ob sie denn danach noch ein Kind bekommen hätte, was sie bejahte. Sie stand auf und holte ein Fotoalbum heraus. Sie hatte eine Tochter bekommen und erklärte, dass das kurz nach dem sie den Jungen weggegeben hatte, passiert ist. Das Schlimme war, das auch der Vater von dem Kind nichts wissen wollte und mit ihrer Mutter war sie zu der Zeit so verkracht, dass von dort auch keine Hilfe zu erwarten war. Mit vier Jahren ist sie plötzlich vor dem Haus auf die Straße gelaufen. Sie hatte sich einfach losgerissen, der Fahrer des Müllautos konnte nicht mal reagieren, sie wurde überrollt. Damit ist sie dann gar nicht klar gekommen, war für zwei Jahre in einer Klinik für traumatisierte Menschen, ehe man sie wieder alleine lassen konnte. Sie wollte anschließend in eine neue Umgebung und fand eine Anstellung hier auf der Insel und seither lebt sie hier. Ich fragte sie, ob sie denn ganz alleine in diesem Haus leben würde, worauf sie wieder ihr strahlendes Lächeln zeigte. Das könne man sehen wie man will, sie hat recht schnell angefangen erst zwei, dann drei Zimmer zu vermieten, an Urlauber und so ist die meiste Zeit im Jahr jemand da. Zum Anderen hat sie zwei Katzen und einen Papagei, die im Wohnzimmer seien. Ich nickte und versuchte ebenfalls ein wenig zu lächeln. Sie fragte, ob sie noch Kaffee aufsetzen solle, aber ich winkte ab und lachte, wenn ich noch mehr Kaffee trinken würde, könnte ich eine Woche nicht schlafen. Sie räumte den Tisch ab und fragte, ob ich allergisch gegen irgendwelche Tiere sei, insbesondere gegen Katzen oder Vögel, was ich verneinte. Daraufhin öffnete sie die nächste Tür vom Flur aus und wir gingen ins Wohnzimmer. Der Papagei saß in einem riesigen Käfig und guckte stumm in unsere Richtung. Sie sagte, dass er nicht immer so ruhig sei, oft könne sie ihr eigenes Wort nicht mehr verstehen, aber meistens plaudert er nur so vor sich hin. Mit einem Satz hatte sich eine der Katzen auf meine Beine bewegt und machte es sich bequem, ich fing an sie kraulen, was ihr offensichtlich gefiel. Die junge Frau war ganz überrascht über die Zutraulichkeit der Katze einem Fremden gegenüber, das sei so gar nicht ihre Art, mir gefiel es. Mir gefiel eigentlich alles hier, vor allem diese fröhliche Frau, die so harte Zeiten hinter sich hatte und so gar nicht in Mitleid und Gejammer zerfiel. Wir plauderten noch so einiges Belangloses über die Schönheit des Insellebens, bevor ich aufstand um mich zu verabschieden. Sie sagte, ich solle wieder kommen wenn ich Lust hätte, solange ich noch auf der Insel sei, ich versprach es zu tun. Damit ich vorher anrufen konnte gab sie mir ihre Telefonnummer, ich überlegte kurz, ob ich ihr meine Handynummer ebenfalls geben sollte, wollte jetzt aber nichts kaputt machen und beschloss es erst bei meinem nächsten Besuch zu tun. Und so ging ich, nachdem ich einen schönen Nachmittag erlebt hatte, zurück zu meiner Unterkunft. Ich hatte so gar keine Lust jetzt den Schachspieler und seinen Bekannten zu treffen, nur leider blieb mir irgendwie gar nichts anderes übrig. Ich saß in meinem Sessel und hielt das Foto schon wieder in der Hand. Ich mochte diese Frau, daran war nicht zu rütteln. Aber ich hatte ein Geheimnis, was zu Problemen führen musste. Diese Geschichte musste ein Ende finden, nur wie das aussehen wird, davor graute mir bereits jetzt. Ich zog mir schon wieder ein paar frische Sachen an und ging zum Schachbrett, es spielte ein Vater mit seinem Sohn, wobei der Sohn das Spiel wohl erst noch lernen musste. Nachdem ich den beiden eine ganze Weile zugeschaut hatte und die anderen Beiden auf die ich wartete nicht erschienen sind, beschloss ich zu dem Lokal zu gehen, in dem wir zuletzt immer zu Abend gegessen hatten. Ich sah sie von weitem bereits. Sie saßen draußen und rauchten. Der Schachspieler sah mich sofort, er schien bereits gewartet zu haben und winkte mir zu. Er stellte mir seinen Bekannten vor und sagte, dass dieser auf der Insel ein paar Immobilien besitzt, nach denen er hin und wieder schauen muss. Ich setzte mich zu ihnen. An dem Abend sprachen wir nicht mehr über den Jungen oder irgendetwas, was damit zu tun haben könnte. Wir tranken Wein, aßen Fisch und rauchten eine Zigarre zum abschließenden Cognac. Ich verabschiedete mich kurz nach dem Cognac und wünschte den Beiden noch einen angenehmen Abend, der Schachspieler schien ein wenig enttäuscht von meinem frühen Aufbruch, sagte aber nichts. Ich ging noch ein wenig durch die

Straßen und stand plötzlich nochmal vor dem kleinen Häuschen der jungen Frau. Als ich sah, dass kein Licht mehr brannte, fragte ich mich was ich denn hier eigentlich tun würde und ging zügig den gekommenen Weg zurück. Im Hafen saßen einige Pärchen herum und knutschten, da wollte ich auch nicht stören und so blieb nichts weiter, als mein Zimmer aufzusuchen und zu schlafen. Ich lag auf dem Bett und ließ diesen schönen Tag noch einmal an mir vorüber gleiten.

Besucher

„Wie kann man sich denn so schnell verlieben? Du bist mir ja ein ganz flinker Finger, was." Nein, darauf hatte ich mich jetzt nicht vorbereitet und nein, den Tag will ich mir jetzt nicht noch verderben lassen. „Was willst Du, lass diesen Schwachsinn, ich habe mich amüsiert mehr nicht." „Ist ja schon gut, ich weiß dass ich jetzt störe und dass Du gerade nicht in Plauderstimmung bist, aber eines muss ich Dir unbedingt mitteilen. Der Mann, der bei Deinem Schachspieler ist, den kenne ich, der hat mich oft besucht. Das ist einer von den ganz Schlimmen gewesen, immer hart zur Sache und nie ein Wort. Ich weiß gar nicht wie oft er bei mir war, ihn würde ich gerne töten, aber das gehört leider nicht zum Deal. Er kam nie dafür in Betracht mir zu helfen, so jemand wie der brauchen kleine Jungs, damit sie was zum abreagieren haben und wenn es mich nicht gegeben hätte, hätte er sich einen anderen Jungen gesucht. Wie ekelhaft man das auch immer finden mag, es gibt zu viele von denen und wenn es keine Gesetze gäbe, würden die nicht mal wissen, dass sie etwas Verbotenes tun, etwas moralisch Falsches. Ich würde Dich ja gerne bitten, diesen Job für mich zu erledigen, aber Du hast ja auch keinen Deal, vielleicht könnte ich ja ein gutes Wort beim Schöpfer für Dich einlegen, wenn Du es für mich doch tust." „Spinnst Du jetzt endgültig, erst platzt Du ungefragt in mein Leben, dann beklagst Du dich ständig, dass ich nichts unternehme um Dich zu retten, gut inzwischen weiß ich, dass Du nicht mehr zu retten bist, aber jetzt willst Du, dass ich selber Verbrechen für Dich begehe." „Wieso Verbrechen, willst Du sagen, dass so ein Mensch den Tod nicht verdient hätte? Einer der für kleine Jungs bezahlt, damit er sie benutzen kann wie es ihm gefällt. Das Verbrechen hat ja wohl er begangen." „Wir haben Gesetze nach denen man nicht einfach losziehen kann und eigenhändig andere Menschen für ihre Taten bestrafen, dafür gibt es Gerichte, die das erledigen und auch wenn ich Dir zustimme, das solche Menschen den Tod durchaus verdient hätten, so bin ich doch froh, dass es in unserem Land keine Todesstrafe mehr gibt. Zu viele Unschuldige würde man hinrichten, weil man Zeugen gekauft und Beweismittel gefälscht hat. Und glaube mir, eine vorhandene Todesstrafe würde diese Leute auch nicht aufhalten, der Trieb ist größer als die Todesfurcht." „Ja ihr habt eure Gesetze, geschützt haben sie mich nicht, aber ihn, ihn schützen sie. Wenn Du nichts unternimmst, wird er sich weiter an kleinen Jungen vergreifen, Du machst Dich mitschuldig ab sofort, weil Du es jetzt weißt, Du musst etwas unternehmen. Wenn Du ihn am Leben lässt, musst Du ihn anzeigen, nur weiß ich nicht, wo Du jetzt Beweise herholen willst, ich kann ja leider nicht mehr aussagen in einem Prozess vor einem Deiner Gerichte, da sitzt Du ganz schön in der Patsche." „Da machst Du Dir es aber leicht, Du erzählst mir was, ohne dass Du mir Beweise geliefert hättest, nicht das ich noch daran zweifle, dass man Dich in diesem Keller eingesperrt und missbraucht hat, nein daran zweifle ich nicht mehr. Aber jetzt zu sagen, der war auch dabei, bring ihn für mich um, das ist zu leicht. Da könntest Du ja jetzt wahllos auf jeden Mann zeigen und dann behaupten, jetzt sei ich Mitschuld, weil Du es mir ja gesagt hättest." „Es liegt an Dir, der Mann bleibt noch einen Tag, beobachte ihn, geh ihm unauffällig nach, schau was er tut, ach ja, am Besten machst Du das natürlich ohne Deinen Freund, dem Schachspieler, auf den kannst Du später aufpassen." „Einen Teufel werde ich tun, gute Nacht." „Überlege es Dir, gute Nacht." Huch, ich hatte mich gerade auf eine lange Nacht eingestellt und wollte ihn mit dem -gute Nacht- eigentlich nur provozieren und da ist er tatsächlich gegangen. Ich soll jetzt also einen wildfremden Mann beobachten und was soll ich dabei sehen, wie er in den Dünen mit kleinen Jungs verschwindet, so blöd wird er ja wohl nicht sein. Ich muss darüber eine Nacht schlafen, morgen früh kann ich dann Entscheidungen treffen oder es lassen. Ich träumte in dieser Nacht von der jungen Frau, wir gingen gemeinsam den Strand entlang und plötzlich kam ihr Junge aus dem Wasser, er hatte ein Kind auf dem Arm und kam auf uns zu. Er warf das Kind der jungen Frau vor die Füße und zerfiel dann zu Sand. Auf dem Kindeskörper waren lauter Feuerquallen, sie schienen es leer zu saugen, die junge Frau stürzte auf die Knie und riss die Quallen von dem Kind, doch es wurden immer mehr und dann fing das Kind an zu brennen und die Flammen griffen auf die Jacke und die Hose der jungen Frau über. Ich wollte etwas tun, doch war ich wie gelähmt. Frau und Kind brannten lichterloh und ich wachte schweißgebadet und schreiend auf. Ich machte in dieser Nacht erst in den frühen Morgenstunden, als das erste Licht durch das Fenster zu erkennen war, die Augen wieder zu und schlief bis gegen zehn Uhr und verpasste somit mein Frühstück.

15

Nachdem ich geduscht hatte, ging ich in den Ort und suchte mir ein Café, in dem man bis Mittag frühstücken konnte und holte mein Versäumtes ausgiebig nach. Ich versteckte mich hinter der Zeitung, die ich mir vorher an einem Kiosk geholt hatte. Ich überflog die Überschriften und las dann den einen und anderen Artikel. Als ich mich ausgiebig durch die Zeitung gelangweilt hatte, faltete ich sie sorgfältig zusammen und legte sie auf den freien Stuhl neben mir. Ich sah mich um, nur vereinzelt saßen Leute an den Tischen und tranken Kaffee. Ich winkte der Kellnerin und bat um die Rechnung. Nachdem ich bezahlt hatte und auf dem Weg zum Strand war, brach es über mich ein. Ich musste eine Entscheidung treffen und nicht davor weglaufen, das ging ja sowieso nicht, der Junge würde mich nicht in Ruhe lassen. Was sollte ich tun? Ich wusste es nicht. Der Mann hatte Immobilien auf der Insel, wer weiß wofür, vielleicht nutzte er ja eine von denen für kleine Feiern mit noch kleineren Jungs. Mir kam bei dem Gedanken fast das Frühstück wieder hoch. In dem Augenblick tippte mir jemand auf die Schulter, ich erschrak heftig, wie das ebenso ist, wenn man in Gedanken so daher geht und mit Nichts rechnet , schon gar nicht mit einer körperlichen Berührung. Da ich nicht nur innerlich erschrak, sondern körperlich schwer zusammenzuckte, war die Hand sofort wieder von meiner Schulter verschwunden und eine weibliche Stimme entschuldigte sich, sie wolle mich doch nicht erschrecken. Ich drehte mich um und sah in die schönen Augen der jungen Frau doch mein Herz wollte sich nicht sofort beruhigen. Ich sagte, dass es nicht so schlimm sei, ich sei halt nur tief in Gedanken gewesen und fragte was sie denn hier mache. Sie lachte und meinte, dass auch Einheimische den schönen Strand zum Spazieren nutzen dürften, der ist nicht nur für Urlauber da. Das Lachen steckte mich an und meine Laune war sofort wieder auf einem Höhepunkt. Ich erzählte ihr, dass ich mein Frühstück im Hotel verschlafen hatte und dieses außerhalb nachgeholt habe und nun mir hier ein wenig die Beine vertreten würde. Sie fragte, ob sie mich begleiten dürfe, es war mir eine Freude, die ich ihr hoffentlich nicht zu überschwänglich mitteilte. Wir zogen uns die Schuhe aus und gingen am Meeresrand entlang. Sie wollte wissen wie lange ich denn noch auf der Insel bleiben würde und was ich denn im normalen Leben so tun würde. Ich fragte sie, wie sie ihren Lebensunterhalt bestreitet, wir tauschten also ein wenig von unserem aktuellen Leben untereinander aus ohne wirklich etwas preis zu geben. Ich erfuhr, dass sie einige Kinder betreut und abends hin und wieder in einer Gastwirtschaft aushilft. Sie kommt über die Runden, außerdem fällt bei der Zimmervermietung auch einiges ab, nur das alleine reicht nicht ganz. Nach einer Weile des Schweigens fasste ich allen Mut zusammen und erzählte ihr, dass ich glaube ihren Sohn kennengelernt zu haben. Ich erzählte ihr, dass er mich auf einer Bank angesprochen hätte und mir eine Geschichte erzählt hat, die von seinem bisherigen Leben gehandelt hat. So glaubte ich zumindest, und dass er dann wieder gegangen sei. Sie fragte mich nach dem Leben von dem er erzählt hat und ich sagte nur, dass er wohl bei einem Priester aufgewachsen sei und von diesem privat unterrichtet wurde, so dass er inzwischen ein Studium beginnen konnte und sogar bereits eigene Vorlesungen hielt. Ihr Gesicht schien ein wenig zu strahlen, sie dachte in diesem Moment sicherlich, dass sie alles richtig gemacht hatte und aus dem Jungen richtig etwas geworden ist, wie man so schön sagt. Ich wollte ihr diese Vorstellung nicht zerstören. Als ich sah, dass sich Tränen auf den Weg über ihr Gesicht machten, blieb ich stehen und nahm sie in den Arm. Sie nahm es dankbar an, zumindest kam es mir in dem Moment so vor. So standen wir eine Weile umschlungen im Wasser bis sie sich wieder beruhigt hatte, sie drückte sich ein wenig von mir ab, um mir in die Augen zu sehen. Sie dachte viel öfter an ihren Jungen als sie anderen gegenüber zugeben würde, aber wenn das wahr wäre, was ich ihr gerade erzählt habe, dann würde sie sehr glücklich sein und eventuell einmal weniger nachts aufwachen und sich fragen, ob wirklich alles gut sei. Nun war der Weg für mich verbaut, die Wahrheit war nicht mehr zu erzählen, ob es so richtig und besser war würde sich zeigen. Wir gingen weiter und sie hielt meine Hand. Nach einiger Zeit fragte sie mich, ob ich Lust hätte zum Abendessen zu kommen, sie würde etwas Schönes für uns machen, sie wolle jetzt aber nicht aufdringlich wirken, es sei nur eine Idee. Ich war natürlich begeistert und sagte, dass ich kommen werde. Daraufhin verabschiedete sie sich, sie müsse gleich noch auf ein kleines Mädchen aufpassen und anschließend einkaufen gehen, aber sie würde sich schon jetzt auf den Abend freuen. Ich sah ihr nach, wie sie zwischen den Dünen verschwand und erschrak schon wieder. In dem Moment, wo ihre Haare verschwanden, erschien der Kopf des Begleiters von meinem Schachspieler und kurz danach der Kopf eines kleinen Jungen, den er an der Hand hielt. Ich fühlte mich ertappt und drehte mich um, in der Hoffnung, dass er mich noch nicht bemerkt hatte. Ich wartete einige Augenblicke und schaute dann vorsichtig über die Schulter. Die beiden gingen unterhalb der Dünen am Strand entlang und hatten mich offensichtlich nicht wahrgenommen. Langsam begann ich ihnen zu folgen. Der eigentliche Badestrand war bald zu Ende, es grenzte noch ein FKK Strand an und ein Stückchen weiter ein Hundestrand. Was es inzwischen so alles gab und dann war nichts mehr außer derselbe Strand nur eben nicht gereinigt und nicht beaufsichtigt. Hier waren natürlich viel weniger Menschen unterwegs und um diese Jahreszeit eigentlich nur noch einzelne Exemplare. Ich hoffte, dass der Mann sich nicht umblickte, denn so ein Strand bietet nicht gerade Schutz. Er tat es nicht, vielmehr bogen sie nach etwa zwei Kilometern wieder in die Dünen ab. Was sollte ich jetzt tun, passierte dort das, was ich befürchte oder ist der Junge ein Enkel oder was auch immer von dem Mann. Ich rannte ein paar Meter, um sie nicht zu verlieren und sah gerade noch wie sie zu einem Haus abbogen. Als der Mann den Jungen fest hielt, beim Tür aufschließen, musste ich reagieren. Ich sprang kurz in die Luft und rief so laut ich konnte, „Hallo", und winkte dabei in Richtung des Mannes. Er hatte mich gehört und sofort erkannt. Er hielt einen Augenblick inne und winkte dann zurück, den Jungen behielt er an der Hand. Ich machte mich auf dem Weg zu dem Haus und als ich näher kam ließ der Mann den Jungen los und kam mir ein paar Schritte entgegen. Der Junge blieb stehen und schaute mich etwas überrascht an. Der Bekannte fragte mich, ob ich ihn verfolgt hätte oder was ich so weit vom Dorf suchen würde, dabei lächelte er. Ich sagte ihm, dass ich mein Frühstück verdauen würde und dabei die Ruhe suchte und ihn plötzlich hier entdeckt hätte, was reiner Zufall sei. Er klopfte mir auf die Schulter und lachte, dabei sagte er, dass er es nicht so gemeint habe und dass dieses Haus hier eines der Ersten war, das er vor Jahren gekauft hatte. Es würde leider seit einiger Zeit leer stehen, ob ich nicht Interesse hätte es zu mieten. Ich erklärte ihm, dass das gut sein könnte, dafür müsste ich es mir natürlich erst mal genauer ansehen und auf den Preis käme es natürlich auch an. Er meinte, dass wir dann wohl keine Zeit verlieren sollten und drehte sich zur Haustür um, der Junge war verschwunden. Ich hatte nicht auf ihn geachtet und schaute mich nun verwundert um. Den Mann schien das nicht weiter zu stören und auf meine Frage wo denn der Junge geblieben sei, erklärte er lächelnd, dass der wohl zu seiner Mutter vor gelaufen sei, die wohnt in dem nächsten Haus an dem er vorbeischauen muss. Ich wusste nicht was ich davon halten sollte, ich kannte den Mann ja nur von einem Abend und da hatte ich noch nicht so genau auf ihn geachtet. Vielmehr habe ich ihn eigentlich völlig ignoriert und bin auch deshalb so bald nach dem Essen verschwunden. Wir gingen in das Haus und zu meiner Überraschung hatte es eine komplett eingerichtete Küche und ein möbliertes Schlafzimmer. Das Bett schien nicht allzu lange unbenutzt gewesen zu sein. Die anderen Räume waren dagegen völlig leer. Er sagte, es wäre halt eben teil möbliert, über das Schlafzimmer könne man aber sprechen, wenn ich es nicht haben wolle, würde er es auch ausräumen. Ich ging erst mal nicht weiter darauf ein, ich wollte hier wieder raus und meinte nur, dass es alles gut aussehen würde und die Lage zwar etwas einsam sei, aber gut, da ist man dann natürlich auch ungestört. Als ich bereits durch die Haustür gegangen war sagte er, ich solle noch einen Augenblick warten. Er schloss ab und fragte, ob mich denn der Preis gar nicht interessieren würde, worauf ich ihm antwortete, das ich erst mal grundsätzlich darüber nachdenken muss, ob dieses Objekt für mich in Frage käme und wenn ich das getan habe und hier einziehen wolle, dann würde man sich schon einigen können. Wichtig ist erst mal, ob man sich in einem Haus wohl fühlt und kreativ sein kann, dann fügt sich der Rest von ganz alleine. Ich verabschiedete mich und bei seinem Händedruck lief es mir kalt den Rücken runter. Ich ging durch die Dünen und nach einigen Auf und Nieder drehte ich mich um, der Mann war nicht mehr zu sehen, ich musste gucken wo er jetzt hin geht. Ist der Junge wirklich zu seiner Mutter vor gelaufen oder nur vor diesem Bekannten davon? Ich konzentrierte mich und sah über die Dünen, in der Hoffnung seinen Kopf irgendwo auftauchen zu sehen, aber er war verschwunden, ich gab auf. Über den Strand ging ich zurück und setzte mich in die Nähe des Schachspiels, es war verwaist. Der Wind wurde kräftiger und ein leichter Regen bedeckte die Figuren und das Brett mit einem leichten Film. Langsam drang die Feuchtigkeit durch meine Jacke und ich ging zurück auf mein Zimmer. Ich kramte in meinen Taschen nach der Handynummer des Schachspielers. Ich rief ihn an und fragte, ob wir unten bei mir im Hotel eine Partie spielen wollen, draußen ginge es heute leider nicht. Er schien kurz zu überlegen, sagte dann aber, dass er in einer halben Stunde da sein würde. Hatte ich den Jungen vor etwas bewahrt oder bilde ich mir das nur ein? Konnte ich mit dem Schachspieler über seinen Bekannten reden oder war mein Schachspieler auch einer von der Sorte? Kaum hatte ich einen, mit dem ich meine Lage besprechen konnte, so ist er plötzlich dafür nicht mehr zu gebrauchen. Ich ging nach unten, nahm mir ein Schachspiel, stellte die Figuren auf und wartete. In Gedanken ging ich nochmal durch das Haus des unbekannten Mannes. Es war ein sehr schönes Haus, doch dann ging ich durch die Tür und stand im Schlafzimmer, kalt lief es mir zum wiederholten Male den Rücken runter. Plötzlich sah ich es wie direkt vor mir, der Mann mit dem Jungen an der Hand vor diesem Bett, ich schlug mir mit der Hand auf die Stirn und kam wieder zu mir. In diesem Moment kam der Schachspieler durch die Tür und schaute mich ein wenig irritiert an. Ich winkte erst mal ab und stand auf, um ihm die Hand zu schütteln. Er kam zu mir rüber und freute sich, dass das Brett bereits aufgebaut auf dem Tisch stand. Er sagte, bevor er sich einen Kaffee bestellte, dass er seinen Bekannten zurück zum Flughafen gebracht habe, er musste doch recht plötzlich wieder zurück. War das ein Zufall oder hatte ich ihn aufgeschreckt? Ging es mir sogleich durch den

Kopf. Wie sollte ich das Gespräch nur anfangen? Konnte ich ihn direkt fragen? Wie gut er den Mann wohl kannte? Ich hielt mich erst einmal zurück. Er deutete auf das Spiel und ich begann mit dem Königsbauern. Das Spiel zog sich in die Länge, anfangs schienen wir beide etwas unkonzentriert, bissen uns dann aber immer fester in die Partie. Nach knapp zwei Stunden fiel sein König und ich feierte innerlich einen großen Sieg, ließ es mir aber nicht anmerken. Ein wenig erschöpft bestellten wir Kaffee und Cognac. Dann erzählte er, dass sein Bekannter sehr unruhig wirkte, als er ihn zum Flugplatz brachte und komischer Weise hätte er sich intensiv nach mir erkundigt. Ich hatte ihn aufgeschreckt, soviel war klar. Ich erzählte kurz, dass ich ihn mit einem Jungen vor diesem Haus getroffen habe, der Junge aber abgehauen sei, als ich näher kam. Ich erzählte, dass er mir das Haus vermieten wolle und dass ich es komisch fand, dass es ein möbliertes Schlafzimmer gab. Ich tastete mich vorsichtig heran, kam aber nicht weiter, also fragte ich direkt ob er den Mann wirklich gut kennen würde und ob er sich vorstellen könne, dass er mit dem Jungen in dem Haus verschwinden wollte. Der Schachspieler sah mich mit großen Augen an. Ich sagte ihm, dass der Junge aus meinen Träumen es mir gesagt hat, die Augen schienen den Kopf verlassen zu wollen, konnten aber nicht. Dann sagte er, dass es sich nicht um einen Bekannten handeln würde, sondern um seinen Bruder. Jetzt wuchsen meine Augen und ich atmete schwer. Schweigend saßen wir am Tisch und glotzten uns an. Nach einer unendlichen Weile stand der Schachspieler auf, sagte, dass er jetzt gehen müsse und es wohl besser sei, wenn sich unsere Wege von nun an nicht mehr kreuzten. Ich verstand erst nicht und noch im selben Moment wurde es klar in meinem Kopf. Ich hatte ihm die Augen geöffnet und er sah in seinem eigenen Bruder plötzlich dieses Untier, was er immer in Anderen gesucht hat. Ich konnte nichts mehr sagen, sah ihm nur eine Weile hinterher. Jetzt war ich wieder auf mich alleine gestellt, wollte aber nicht alleine sein und da fiel mir ein, dass ich ja verabredet bin. War es schon spät genug um zu der jungen Frau zu gehen? Ich beschloss, dass es mit einem kleinen Umweg genau die richtige Zeit sei. Ich kam an einem Blumengeschäft vorbei und erstand einen schönen Herbststrauß. Mit den Blumen in der Hand kam ich mir ein wenig übertrieben vor, gefiel mir aber dennoch ganz gut. Als ich um die letzte Ecke bog wurde ich ein wenig nervös, würden die Blumen vielleicht den falschen Eindruck vermitteln oder falsche Hoffnungen schüren. Egal ich musste es riskieren, was hatte ich schon zu verlieren. Ich stand vor der Tür und klingelte. Drinnen war erst nichts zu hören, dann schepperte es ordentlich, gefolgt von einigen Flüchen, ich war wohl doch zu früh. Dann ging die Tür auf und fröhliche Augen strahlten mich an und baten mich rein. Die Blumen wurden dankend angenommen und in eine Vase gestellt. Sie zeigte mir die Garderobe und sagte, ich solle mich doch in die Stube setzen, sie müsse nochmal schnell in die Küche. Alles lief wie selbstverständlich, ich kam mir ein wenig vor, wie zu Hause. Später, nachdem wir gegessen hatten, fiel mir auf wie ungezwungen sie mir von ihrem Tag erzählt hat. Wie sie auf das Mädchen aufpassen sollte und dann plötzlich der Bruder nach Hause kam und ein wenig verstört wirkte. Dass er aber nach kurzer Zeit in ein Computerspiel vertieft gewesen sei und sie sich nichts weiter dabei dachte. Ich fragte, wo das denn gewesen sei und stellte dann fest, dass er der Junge gewesen sein muss, der dem Bekannten davon gelaufen war. Was war das bloß für ein perverses Spiel das da veranstaltet wurde. Ich fragte sie, ob denn die Eltern was gesagt hätten, aber das verneinte sie. Sie hätte, als die Eltern nach Hause kamen, gar nicht mehr daran gedacht, da sie ja nur auf das Mädchen aufpassen sollte. Der Vater schaute zwar etwas skeptisch, als er hörte das beide Kinder wohlauf waren, aber das war es dann auch schon. Sie ging in die Küche und kam mit zwei Espresso zurück, köstlich. Wir saßen noch eine Weile auf der Couch nebeneinander und plauderten über unser Leben und der Grund, warum wir uns hier begegnet waren, war für ein paar Stunden vergessen. Später bat sie mich doch zu bleiben und ich war dankbar, dass die Aufforderung von ihr kam. Ich wollte bleiben, hätte aber nicht gefragt. Und so verbrachten wir eine sonnige Nacht mit all der Hingabe die frisch Verliebte im Stande sind zu geben und kuschelten uns am Morgen aus dem Bett in die Küche und begannen den folgenden Tag gemeinsam. Sie hatte an diesem Vormittag Termine und so verabschiedeten wir uns, nicht ohne uns für den frühen Abend wieder zu verabreden. Ich bekam das Gefühl, dass hier etwas zu schnell geht, wischte es mir aber schnell wieder aus der Seele und ging in mein Hotelzimmer.

Besucher

„Du hast ihn gesehen, Du bist eingeschritten, dann-, dann hast du ihn gehen lassen. Wieso? Hattest Du Zweifel, jetzt ist er weg und Du kannst nichts mehr machen. Und? Ich weiß nicht, was ich jetzt mit Dir machen soll." Da war er wieder, ich hatte mit ihm gerechnet, aber nicht mit diesem Vorwurf. „Du hast Recht, ich habe ihn gesehen, und es sah so aus wie es aussah. Ich war mir sicher und der Junge ist ja dann auch weg gelaufen. Du hast selbst gesagt, dass ich keine Beweise habe und dass Du ja nicht mehr aussagen kannst, ich konnte ihn doch nicht in seinem Haus erschlagen." „Wieso nicht? Dich hat doch keiner gesehen, außer dem Jungen natürlich, und der hätte nicht gegen Dich ausgesagt. Ich will es mal so sagen, Du hattest eine echt gute Chance und hast sie verbockt, scheiße." „Ich morde nicht für Dich, das habe ich doch wohl schon gesagt. Bist Du völlig behämmert? Was denkst Du Dir dabei? Nur weil Du einen Deal gemacht hast, kannst Du den nicht einfach ausdehnen und mich da mit reinziehen, das geht nicht und damit aus." „Reg Dich nicht auf, ich frage mich nur wie Du das jetzt mit Deinem Gewissen so hinkriegen willst. Wo Du gerade so den moralischen raus hängen lässt. Der Mann holt sich auf dem Festland einen anderen Jungen und der wird heute besonders leiden, weil Du ihm das Spiel mit seinem Lieblingsjungen hier auf der Insel versaut hast, prima gemacht. Einen für den Augenblick gerettet und einen anderen bestraft, was für ein Held." Ich schluckte schwer und der besondere Morgen der so wunderbar begonnen hatte, war versaut. Ich verstand schon, was mir gerade so gesagt wurde und gestand mir ein, dass da wohl eine Menge Kernwahrheit zum Vorschein kommt und ich nicht wirklich heldenhaft gehandelt hatte. Und warum? Weil ich es mal wieder versäumt habe zu Ende zu denken, sonst wäre ich auch alleine auf diese Schlussfolgerungen gekommen, nur was sollte ich tun. „Denken, denken, dabei kommt doch auch nichts raus, Du hast Deine Chance vertan und nun ist er weg. Ich könnte natürlich dafür sorgen, dass er heute hierher zurückkommt, frag nicht wie, aber das würde ich hinkriegen. Dazu musst Du allerdings versprechen zu handeln und ihn nicht nochmal davon kommen lassen." „Hörst Du mir nicht zu, ich töte keinen Menschen, entweder Du lieferst Beweise und ich zeige ihn an, oder Du lässt ihn wo er ist. Wenn Du so großen Einfluss hast, dann kannst Du ja anders dafür sorgen, dass er an keinen Jungen mehr ran kommt." „Nein, leider habe ich diesen Einfluss nicht, ich habe nur meinen kleinen Deal mit dem Schöpfer gemacht, da ging es mir wie Dir, ich habe den Deal geschlossen bevor ich es zu Ende gedacht habe und dann war es zu spät, aber für Dich ist es noch nicht zu spät. Ich werde ihn auf die Insel zurückholen und Du wirst ihn sehen, ich hoffe Du tust dann das Richtige und ich habe eine Sorge weniger. Zum Anderen muss ich mich langsam um Deinen Schachspieler kümmern, aber das soll nicht Deine Sorge sein und Du hast ja inzwischen auch angenehmere Beschäftigung gefunden, genieße es, ich komme wieder." Es war still, sehr still, ich hatte fast das Gefühl ganz alleine im Hotel zu sein. Atmete aber im nächsten Augenblick auf, denn im Nebenzimmer machte sich die Putzfrau oder der Putzmann mit dem Staubsauger bemerkbar. Was für ein Mist, ich wollte den Bekannten nicht sehen und schon gar nicht wollte ich ihn töten, auch wenn ich solche Menschen verabscheue und ihnen allen einen möglichst grausamen Tod wünsche, so will ich doch keineswegs selber Hand anlegen. Und dann verstand ich erst, was mir da zum Schluss gesagt wurde. Der Schachspieler war zwar nicht zu meinem Busenfreund geworden, trotzdem hatte ich gerne Zeit mit ihm verbracht. Was wollte er mit ihm machen? Klar wollte er ihn töten, aber wie? Konnte ich ihn noch warnen oder war es bereits zu spät? Ich musste es versuchen. An sein Handy ging er nicht, also machte ich mich auf den Weg zu seiner Unterkunft, dort angekommen, sagte man mir, dass er am frühen Morgen aufgebrochen ist, um die Insel zu umwandern. Leider wusste keiner in welcher Richtung er gestartet war und so blieb mir nur das

Los, das entscheiden musste. Ich ging zu meinem Zimmer zurück, zog mich um und warf eine Münze, ich sollte linksherum gehen. „Du kommst zu spät, egal wie sehr Du Dich beeilst, es ist sein Herz, zumindest wird das der Arzt feststellen, das Mittelchen in seinem Morgenkaffee wirkt langsam und ist später nur noch sehr schwer nachzuweisen. Schone Dich, wenn Du ihn findest ist er längst tot." „Ich hasse Dich", schrie ich in mein Zimmer und ging nach draußen. Tief im Innern wusste ich, dass ich langsam gehen konnte, es war alles gesagt und ich würde nur auffallen, wenn ich jetzt den Strand entlang renne. Meine Beine wurden von alleine sehr schwer und hatten offensichtlich wenig Lust sich überhaupt zu bewegen, taten es dennoch.

16

Nach einer Stunde sah ich ihn, er lag halb im Wasser und zwei Personen zogen ihn gerade in den trockenen Sand, er war anscheinend mausetot. Ich ging sehr langsam näher ran und sah, dass einer der beiden sein Handy benutzte, keiner von beiden versuchte ihn wieder zu beleben. Als sie mich kommen sahen kam einer von ihnen ein paar Schritte auf mich zu. Er sagte, dass sie den Mann gerade dort im Wasser gefunden hätten, er müsse schon eine Weile dort liegen. Er war bereits kalt und sein linker Arm war verkrampft über der Brust gekreuzt, sein Gesicht war verzerrt und doch schien es ein wenig zu lächeln. Ich ging hin und sah ihn mir an, es gab keinen Zweifel, es war mein Schachspieler. Ich fragte, ob ich etwas tun könnte, aber der Mann verneinte dies und sagte, dass sie die Polizei benachrichtigt hätten, die müssten gleich kommen, ich sollte ruhig weiter gehen. Ich wollte nicht bleiben und ging in zügigen Schritten, fasst fing ich an zu rennen und war nach kurzer Zeit so weit entfernt, dass ich die Szenerie hinter mir nur noch vage erkennen konnte. Als nichts mehr zu erkennen war blieb ich stehen und schaute aufs offene Meer hinaus. Ich fühlte mich leer und unfähig das alles zu akzeptieren. Das Wasser war am steigen und als es mir in die Schuhe lief, erwachte ich aus meinen wirren Gedanken. Was sollte ich jetzt tun? Am liebsten wäre ich zu der jungen Frau gelaufen und hätte mich in ihren Armen ausgeweint. Doch dann hätte ich zu viel erklären müssen, ich wollte den Jungen fragen, ob er jetzt fertig sei oder ob er mich auch noch ausradieren würde. Wenn ich ihn richtig verstanden habe, war ich aber nicht teil des Deals und so durfte mir nichts passieren. War das sicher? Ich wusste es nicht. Meine Füße quietschten in den Schuhen und es entwickelten sich die ersten Blasen, was mir erst egal war, mich jedoch dazu bewegte zurück zum Hotel zu gehen und mich umzuziehen. Ich saß auf meinem Bett und vergoss ein paar Tränen für einen Mann, den ich nicht wirklich kannte und der seine Strafe offensichtlich verdient hatte. Ich wusch mir mein Gesicht und ging wieder auf die Straße. Ich irrte einige Zeit umher. Das Leben um mich herum lief seinen gewohnten Gang. Die Menschen jammerten über das Wetter, obwohl es nicht so schlecht war. Sie jammerten über steigende Strompreise ohne an Einsparmöglichkeiten auch nur zu denken. Sie schimpften über die Politik, obwohl die meisten von ihnen nicht einmal gewählt hatten. Irgendwann setzte ich mich in ein Café und bestellte einen Espresso und einen Cognac. Die Bedienung schaute mich bemitleidend an, wohl weil es noch Vormittag war, aber das war mir völlig egal. Mir war eigentlich schon immer egal was andere über mich dachten, sollen sie sich doch besser um sich kümmern. Aber die Meisten brauchen das, um ihr eigenes Dasein besser verkraften zu können. Als ich bezahlte ging vor dem Fenster der Bekannte des Schachspielers vorbei, ich erschrak nicht wenig. Sofort umklammerte eine Angst mein Herz, die ich so noch nicht kennengelernt hatte. Es war wieder ein Augenblick gekommen an dem man von mir eine Handlung erwartete oder bildete ich mir das nur ein. Ich nahm meine Jacke und ging dem Mann hinterher. Was würde ich tun? Es sollte sich von ganz alleine entwickeln. Er ging wieder aus dem Dorf heraus und bald war mir klar, dass er in dasselbe Haus, das er mir gestern gezeigt hatte, unterwegs war. Ich ließ den Abstand etwas größer werden und folgte ihm. Er schloss die Tür auf und ging hinein, dann passierte lange nichts mehr. Als ich bereits den Mut verlor und wieder gehen wollte, ging die Tür auf und ein kleiner Junge kam heraus gerannt. Er ließ die Tür offen stehen und rannte in die Richtung, in der der Junge gestern auch verschwunden war. Ich war nicht sicher, aber wahrscheinlich war es derselbe Junge und der Bekannte hatte sein Date von gestern heute nachgeholt. In mir brodelte es, mein Magen rebellierte und mein Herz raste vor Wut. Wie von Sinnen rannte ich zu dem Haus. Die Tür stand noch offen und ich rannte durch die Tür ins Innere. Der Bekannte lag auf dem Bett und rauchte eine Zigarre. Mit weit aufgerissenen Augen starrte er mich an, noch ehe er reagieren konnte riss ich den schweren Aschenbecher von seinem Bauch und hämmerte ihn an seinen Kopf. Dieser platzte sofort auf, so dass ich für einen Augenblick in das Innere sehen konnte, dann schossen verschiedenfarbige Flüssigkeiten aus der Wunde. Der Mann zuckte ein paar Mal und lag dann still. Ich wich zurück und stolperte über am Boden liegende Klamotten. Glücklicherweise schlug ich nirgends gegen und blieb meinerseits unverletzt. Die Zigarre lag dampfend auf dem Bett und das Bettlaken fing an zu glühen. In Kürze würde hier wohl alles lichterloh brennen. Mein Herz raste noch immer, doch Übelkeit und Angst waren verschwunden. Ich schaute nach, ob ich etwas verloren hatte, stellte den Aschenbecher wieder auf den Bauch des Toten und ging langsam zur Tür, hinter mir hörte ich wie die ersten Flammen zu knistern begannen. Vorsichtig, mich umschauend verließ ich das Haus. Keiner hatte mich gesehen, da war ich mir sicher. Das Haus war schließlich ein kleines Versteck, was vor unerwünschten Blicken sicher sein musste. Dieser Umstand war mir selbstverständlich in diesem Moment sehr hilfreich. Ich ging ein Stück den Strand entlang um von der anderen Seite wieder in das Dorf zu kommen. Auf halben Weg hörte ich die Sirenen, eine Rauchsäule stand bereits hoch am Himmel. Ich suchte mir ein anderes Café, von denen es unzählige auf dieser, wie auf wohl jeder Insel, gab. Diesmal bestellte ich wieder einen Espresso und dazu einen doppelten Cognac, keiner schaute komisch oder bemitleidend. Überall herrschte ein wenig Unruhe, jeder wollte wissen welches Haus da brennen würde und schon bald war Klarheit da. Es handelte sich um das leerstehende Haus des Fremden, der hier vor einiger Zeit einige Häuser gekauft hatte. Das Gerücht, dass es Tote gegeben habe, machte ebenso schnell die Runde. Ich war erschöpft und zugleich ein Mörder, ich hatte das Gesetz selbst in die Hand genommen, angestiftet von einer Stimme in meinem Kopf, ich war irre. Lange stiefelte ich anschließend durch die Straßen, von innerer Unruhe getrieben und sehnte den Abend herbei. Als er dann endlich erreicht war hatte ich Angst davor, dass die junge Frau etwas merken würde, doch dann sagte ich mir, dass ich ihr frei erzählen konnte, dass mein Freund der Schachspieler am Morgen gestorben sei und mich das doch ein wenig belasten würde. Sie hatte ja keine Ahnung davon, dass ich ihn kaum kannte. Ich ging zur Tür und klingelte, diesmal schepperte Nichts, sie machte mir auf, strahlte mich an und ihr Blick verriet sofort, dass ich anders aussah als am gestrigen Tag. Sie fragte, ob es mir nicht gut ginge und ich erzählte ihr die Geschichte von meinem morgendlichen Spaziergang. Sie war sichtlich erschüttert und tröstete mich, so dass ich den Mord, den ich begangen hatte, für einige Stunden vergaß. Ich blieb auch diese Nacht bei ihr und war früh auf, ich ging los um Brötchen zu holen und kaufte mir die Tageszeitung. Auf der ersten Seite stand bereits, dass man eine Leiche auf dem Bett, in dem brennenden Haus, gefunden hatte und dass es sich wohl um den Besitzer handeln würde. Nach ersten Erkenntnissen ist er rauchend eingeschlafen, von einem Gewaltverbrechen ging man nicht aus. Auf einer der hinteren Seiten stand dann noch ein kleiner Artikel über den Herztod eines Gastes, dem man am Meer gefunden hatte. Ich war ein wenig beruhigt und verabschiedete mich nach dem Frühstück. Ich wollte mir kurz etwas Frisches zum Anziehen holen und käme dann wieder. Sie solle sich in der Zwischenzeit überlegen wie wir den Tag verbringen könnten. Sie sagte, dass ihr da schon etwas einfallen würde, wir küssten uns leidenschaftlich und ich ging.

Vor dem Schöpfer

Sie warteten zu zweit, hatten einander aber nichts mehr zu sagen. Der Schöpfer sah durch eine Glasscheibe auf die beiden Wartenden und schüttelte den Kopf. Jetzt tun sie so, als ob sie sich nicht gekannt hätten, dachte er bei sich und wie sehr er diese Kinderschänder hasste. Was war eigentlich schiefgelaufen bei der Schöpfung, das sich solche Menschen entwickeln konnten und kaum jemand tat etwas dagegen. Zum Glück waren es diesmal keine Priester, die widerten ihn noch mehr an. Was sollte er jetzt mit den beiden machen, einfach in der Hölle schmoren lassen war zu billig. Er hätte nicht gedacht, dass der Junge so schnell seine Arbeit erledigen würde. Gut, ganz fertig war er noch nicht, doch eigentlich hatte er erwartet ein wenig mehr Zeit zu haben um sich über die richtige Strafe Klarheit zu verschaffen. Wie hatte er es nur geschafft einen zu finden, der einen für ihn umbringt, das war schon eine echte Heldentat, vielleicht kann ich ihm ja noch einen Bonbon zukommen lassen, mal sehen. Tief in Gedanken saß der Schöpfer auf seinem Stuhl und suchte nach einer Lösung. Nach einiger Zeit, man konnte schon denken der Schöpfer sei eingeschlafen, schlug er die Augen auf und sagte seinem Diener, er solle den Verbrannten zuerst hereinbringen, bei dem ist es relativ einfach. Der ist einfach nur ein Schwein gewesen auf der Erde, da weiß ich schon was ich mit ihm mache. Der Bekannte wurde auf den Stuhl gesetzt und der Schöpfer sah ihn an. „Ich gebe Dir keine Gelegenheit irgendetwas zu erklären. Ich kann dieses Gejammer über eine schlechte Kindheit oder den bösen Papa nicht mehr hören. Du warst ein Schwein und Du gehst als Schwein zurück. Als kleines Schwein, als ein zu klein geratenes Schwein, Du wirst nicht an die Zitzen der Muttersau herankommen und somit auch nicht recht wachsen. Was der Bauer mit Dir machen wird, wird sich zeigen. Wenn Du das hinter Dir hast, werde ich Dir eventuell Gelegenheit geben Dich zu äußern, aber das werden wir dann sehen und jetzt bringt dieses Wesen weg, ich will es nicht mehr sehen." Der Schöpfer drehte sich auf seinem Stuhl um und der Bekannte wurde durch eine Wand geführt, dahinter hörte man grauenvolle Schreie von unbekannten Wesen. Die Wand schloss sich hinter den Durchgehenden und es war wieder Stille. Draußen saß der Schachspieler und hatte nichts mitbekommen. Jetzt wurde auch er abgeholt und dem Schöpfer gegenüber auf einen Stuhl gesetzt. Er schaute auf seine Füße und wirkte demütig. „Du kannst Dir Deine Demut sparen", sagte der Schöpfer. „Ich weiß nicht, ob ich Dein Gejammer hören will, was meinst Du, kannst Du etwas Ehrliches vorbringen, was Deine Verlogenheit erklären würde, oder ist es besser für Dich nichts zu sagen, ich überlasse es Dir. Bedenke, bevor Du redest, wenn mir nicht gefällt was Du sagst, ist es zu Deinem Schaden und glaube mir, tot sein bedeutet nicht gleich tot sein und nun sprich oder schweig." „Ich unterlag einer Schweigepflicht." Donnernd knallte des Schöpfers Hand auf die Tischplatte, es hallte von den Wänden zurück. „Wie kannst Du es wagen Dich hinter dieser weltlichen Lüge zu verstecken, Du warst da um Menschen zu helfen, nicht beim Kindesmissbrauch oder anderen Verbrechen, nein damit sie leben konnten, doch Du hast die Verbrecher beschützt und behandelt und die Opfer übersehen", hallte es durch den Raum. Der Schachspieler saß eingesunken auf seinem Stuhl und ließ alles über sich ergehen. „Du wirst in Deinem Sarg erwachen und Zeit haben über alles nachzudenken, wenn Du ein paar Würmer isst bevor sie es mit Dir tun, kannst Du eine oder zwei Wochen am Leben bleiben, Wasser wird schon durch die Ritzen kommen und jetzt hinfort mit ihm." Zwei Helfer kamen und nahmen den Schachspieler in die Mitte, sie gingen durch eine andere Wand und der Schöpfer legte die Füße auf seinen Schreibtisch und sah in seinen Kalender. Er hatte noch ein wenig Zeit bis zum nächsten Treffen mit den Fürsten der Nacht und so spielte er ein wenig Wetterlotto und ließ den Nordwesten Amerikas im Schnee versinken, ein schönes Spiel.

Besucher

„Genial das mit dem Feuer, das hätte ich Dir nicht zugetraut, ich habe mir doch den Richtigen ausgesucht, einen echten Teufelskerl." Da war er wieder, ich bin gerade durch die Tür gekommen, hatte mich ausgezogen und stand unter der Dusche. „Lass mich bitte erst zu Ende duschen, dann können wir reden", sagte ich in den Raum und es blieb still bis ich mich abgetrocknet und frische Sachen angezogen hatte. Ich nahm mir eine Wasserflasche aus dem Kühlschrank und setzte mich in den Sessel. „Ich bin soweit", sagte ich und wartete. „Ich habe Dich beobachtet am Strand, Du hast ihn gefunden, waren aber zwei vor Dir da. Glaub mir es ist besser so, er war ganz blau im Gesicht, richtig entstellt. Und dann bist Du umhergeirrt, schon komisch wie ziellos man durch die Gegend streifen kann. Ich hatte Dir versprochen, dass ich ihn zurückhole und ich glaube, er hat den armen Jungen nicht so sehr ran genommen, weil er ja eigentlich froh war, dass er vorgestern gleich abgehauen ist, als Du aufgetaucht bist. Du hast alles richtig gemacht, auch wenn es nach meiner Auffassung zu schnell ging, aber vielleicht sorgt ja der Schöpfer für ein wenig Folter. Im Übrigen glaube ich, dass Du dort oben nichts zu befürchten hast. Du hast das Richtige getan." Es war still und ich empfand innerlich eine gewisse Genugtuung und Stolz, ob der Anerkennung für meine Tat, ich erschrak. „Es war falsch was ich getan habe, man hätte ihn einsperren müssen." „Wie lange bekommt er denn, er ist doch nach ein paar Jahren wieder draußen und Gefängnis hat noch niemanden geheilt. Entweder man ist abgeschreckt von der drohenden Gefängnisstrafe und lässt es gleich oder sie ist einem egal und man tut es immer wieder, weil man angeblich nicht anders kann. Wach auf man, so ist es und nicht anders." Da war natürlich etwas dran, trotzdem war es unrecht was ich getan hatte, soweit war ich mir sicher, nur machte es gar keinen Sinn hier weiter zu diskutieren. „Wer steht denn jetzt noch auf Deiner Liste", wollte ich wissen. „Das kann ich Dir leider so nicht sagen, da musst Du schon selber drauf kommen, zu Deiner Beruhigung sei gesagt, dass Du nicht darauf stehst." „Und was passiert wenn Du fertig bist? Hast Du das in Deinem Vertrag festgehalten oder ist alles nur mündlich mit dem Schöpfer geklärt? Kommst Du ins Himmelreich und wirst bis an das Ende aller Zeiten verwöhnt oder weist Du es nicht?" Ich war ehrlich neugierig geworden und hatte Spaß daran ihn ein wenig zu provozieren. „Du kannst Dich ruhig lustig machen, ich werde einen Platz in einer anderen Welt bekommen. In einer Welt, in der der Schöpfer die Fehler von Unserer nicht nochmal gemacht hat. In einer ehrlicheren Welt, in der es keine Gewalt und kein Verbrechen gibt, wo Wörter wie Missgunst und Neid nicht existieren. Ich werde dort einen neuen Start bekommen und das Leben genießen." „Hört sich für mich ein wenig langweilig an. Was machen die Menschen dort den ganzen Tag?" „Wenn gutes Miteinander für Dich langweilig ist, dann bitte, ich hätte es mir in meinem Leben gewünscht." Er war sauer und daran war ich Schuld, keine Frage. Ich hatte vergessen was er durchgemacht hat und dass er ja nie die Schönheiten des hiesigen Lebens kennenlernen konnte. Meine Äußerungen taten mir leid, ich hatte aber keine Lust mich zu entschuldigen. Immerhin hatte er aus mir einen Mörder gemacht und damit musste ich jetzt klar kommen. „Sag mir bitte, dass Deine Mutter nicht auf Deiner Liste steht", rutschte es aus mir heraus. Verdammt, ich wollte diese Möglichkeit nicht in den Raum stellen, doch irgendetwas hat sie aus mir raus getrieben, ich saß wie erstarrt und wartete. „Ich habe Dir doch eben gesagt, dass ich Dir dazu nichts sagen kann, Du musst es selber herausfinden, ich gebe Dir ständig Hinweise." „Du bist mir einen Gefallen schuldig, ich habe für Dich gemordet, also sag es mir."

„Nein und nun werde ich verschwinden, ich habe noch ein wenig zu tun, pass gut auf Dich auf." Es war still im Zimmer.

17

Ich ging zurück, zu der jungen Frau und betete unterwegs, dass sie noch am Leben sei. Sie war es, sie sah mich durch das Fenster kommen und machte mir die Tür auf. Sie war bereits fertig angezogen und musterte mich von oben bis unten. Dann sagte sie, dass das ginge mit meiner Kleidung. Wenn ich in den Schuhen gut zu Fuß sei, gäbe es keine Probleme. Sie wollte mir eine Stelle auf der Insel zeigen, wo sie oft und gerne hinging und wir machten uns direkt auf den Weg, Wir gingen auf dem kürzesten Weg aus dem Dorf, einen schmalen Pfad durch die Dünen. Das Rauschen der Brandung war deutlich zu hören und bald übertönte es die Vögel und unsere Schritte. Wir gingen schweigend hintereinander her, sie vorweg und ich versuchte Schritt zu halten. Es ging immer weiter durch die Dünen, mal wurde der Weg zu einem Trampelpfad, dann war es wieder ein richtiger Weg und kurz vor dem Ziel kämpften wir uns, ohne einen erkennbaren Weg, durch dichtes Gestrüpp. Dann tat sich vor uns der See auf, den ich von einer anderen Seite her kannte, er musste es sein, denn es gab nur diesen einen See auf der Insel. Von dieser Seite war man aber einige Meter über dem See und hatte einen ganz anderen Blick. Wir gingen ein Stück an der Klippe entlang und kamen zu ein paar Baumstämmen, die einer Bank glichen. Sie drehte sich zu mir um und strahlte wieder ihr wunderbares Lächeln mir entgegen. Einen Augenblick später, nachdem wir uns geküsst hatten, setzten wir uns auf die Stämme und genossen die Ruhe. Hier war das Meer nicht mehr zu hören und nur vereinzelt riefen sich ein paar Vögel etwas zu. Ich sagte, dass es wunderschön sei und fragte wie sie es gefunden hatte. Sie erzählte mir, dass sie eine Zeit lang kreuz und quer über die Insel gelaufen sei. Wie auf der Flucht. Es war tatsächlich eine Flucht, ihre Flucht vor dem tristen Alltag. Und irgendwann, als sie hier durch das Gestrüpp stürmte, wäre sie fast über die Klippe in den See gestürzt. Sie konnte sich gerade noch festhalten. Wenn sie hineingefallen wäre, hätte sie wohl keine Überlebenschance gehabt, der See ist auf dieser Seite sehr tief und um die Zeit war es bitter kalt. Seit dem Tag rannte sie nicht mehr ziellos über die Insel, nein sie kam immer wieder hierher und genoss die Stunden, die sie hier verbringen konnte. Ich war der Erste, dem sie die Stelle zeigte und ich dürfe sie niemals an jemanden anderen weitergeben. Ich versprach es und wir saßen einige Minuten ohne ein Wort zu sagen. Dann fragte ich sie, ob sie sich vorstellen könnte einen Menschen zu töten. Aus Rache für etwas, was der Andere getan hat, einen fremden Menschen. Sie schien nicht sonderlich überrascht über meine Frage und überlegte, ehe sie sagte, dass das darauf ankäme. Grundsätzlich kann sie sich jede Wut vorstellen, ob sie allerdings selber zu solcher Wut in der Lage wäre, die Notwendig ist um einen Mord zu begehen, das wusste sie nicht. Sie wollte natürlich wissen warum ich fragen würde und ich merkte, wie ich mich in eine ziemlich bescheidene Lage gebracht hatte. Was sollte ich ihr jetzt sagen? Aus welchen Worten könnte sie welche Rückschlüsse ziehen und was würde geschehen wenn in der morgigen Zeitung plötzlich steht, dass der verbrannte Hausbesitzer erschlagen wurde? Dann würde sie doch sofort eins und eins zusammen zählen und mich anzeigen. Ich war vorsichtig, hatte den Weg aber nun mal eingeschlagen. Doch noch bevor ich antworten konnte sprach sie weiter. Sie habe oft davon geträumt, dass es ihrem Jungen bei dem Priester doch nicht so gut gegangen ist, wie sie es sich immer eingeredet hat. Sie hat geträumt, dass er misshandelt wurde und sehr darunter gelitten hat. Jedes Mal wenn sie aus so einem Traum erwachte, war sie zornig, wütend und fassungslos über ihre Naivität. Dann schwor sie sich, dass sie jeden der ihrem Jungen Schaden zugefügt hatte, umbringen würde, wenn sie ihn in die Finger bekäme. Tränen liefen ihr übers Gesicht und tropften auf die Jacke. Ich gab ihr ein Taschentuch und entschuldigte mich für das angesprochene Thema, woraufhin sie nur den Kopf schüttelte und meinte, dass es hin und wieder ganz gut ist darüber zu sprechen und dass sie so gerne wüsste, was aus dem Jungen geworden ist, doch sie kam an niemanden mehr ran. Jetzt wurde mir richtig mulmig im Magen. Ich wusste einfach zu viel und konnte doch nichts sagen. Obwohl, so schoss es mir durch den Kopf, jetzt geht es vielleicht noch, nur wenn ich noch länger schweige, muss ich es für immer tun. Aber wie würde sie reagieren, sollte ich ihr wirklich alles erzählen, dass ihr Sohn ein vom Schöpfer Gesandter ist, der als Geist auf der Erde Rache nimmt, das war verrückt. Sie würde mir nicht glauben und das könnte ihr niemand übel nehmen. Da ich mich aber ein klein wenig, was sicherlich maßlos untertrieben ist, in diese junge Frau verliebt hatte, wollte ich es nicht aufs Spiel setzen. Ich schwieg also weiter und musste es für immer tun. Ich sagte, dass ich genau solche Situationen meinen würde, man bekommt mit, wie Menschen unmenschliches tun und keiner greift ein. Kinder leiden, damit perverse Erwachsene ein wenig mehr Spaß am Leben haben, das darf es nicht geben und dafür gibt es auch keine gerechte Strafe. Immer wieder hört man das Täter, die eine mehrjährige Haftzeit hinter sich gebracht haben, sofort wieder rückfällig werden, sobald sie wieder Kontakt zu irgendwelchen Kindern haben. Da versagt unser System, da darf es nur lebenslange Sicherungsverwahrung geben. Um ein Kind zu retten, würde ich töten schloss ich meinen Gedankengang. Sie schaute mich an, nahm meinen Kopf zwischen ihre Hände und küsste mich innig. Ein Schauer lief mir über den Rücken. Ist das wirklich meine Meinung oder rede ich mir meine Tat nur schön? War ich nicht immer von unserem Rechtssystem überzeugt? Nein, war ich nie, ich habe nie verstanden wer die Maßstäbe ansetzte, wie lange man wofür ins Gefängnis kam, kleine Steuersünder werden härter bestraft als Große. Ein Raub ist genauso schlimm wie ein Totschlag und so weiter und so weiter. Sie machte ihre Tasche auf und holte zwei Tassen heraus und dann aus der anderen Jackentasche zauberte sie eine kleine Thermoskanne. Sie meinte es sei die richtige Zeit für einen Kaffee, ich hatte nichts einzuwenden. Nachdem wir diesen getrunken hatten erzählte sie mir aus ihrer Schulzeit, wie unbekümmert sie war und wie rührend sich ihre Mutter um sie gekümmert hatte. Sie hatte nie das Gefühl das etwas fehlte, nur weil sie ohne Vater aufgewachsen war. Sie erzählte von ihrer ersten Liebe, da war sie gerade vierzehn Jahre alt geworden und es war ein Rausch der Gefühle. Auch da hatte ihr die Mutter immer zur Seite gestanden, besonders als es aus war und sie in ein Loch viel. Das Leben war plötzlich nur noch grausam und die ersten Gedanken an den Tod kamen ihr. Doch mit dem Schuljahrwechsel änderte sich alles und schon bald hatte sie einen Neuen Freund und die Welt strahlte wieder. Später war dann alles nur noch kompliziert, man wurde erwachsen und musste Verantwortung übernehmen, was eigentlich das Schlimmste am Erwachsen werden ist. Denn damit gibt es nicht mehr die heile Welt zu Hause, in die man sich zurückziehen kann. Nein, es gab nur noch das Chaos für das man selbst verantwortlich war. Sie erzählte und erzählte, es war mir eine Freude ihr zuzuhören und ab und an ein Lächeln auf ihrem Gesicht zu sehen. Plötzlich hörte sie auf und hielt sich die Hand vor den Mund, sie meinte dann, dass sie mich jetzt lange genug zu getextet hätte und ich wohl mal an der Reihe sei etwas zu erzählen. Ich meinte, dass meine Jugend nur halb so spannend verlaufen ist und auch mein daraus hervorgegangenes Leben nicht gerade mit Höhepunkten gespickt gewesen sei, so dass es im Grund nicht viel zu erzählen gäbe. Sie schien ein wenig enttäuscht und ich überlegte. Schließlich gab ich dann zu, das ich in jungen Jahren gegen Atomkraft demonstriert habe, dass ich die innerdeutsche Grenze sehr gut aus der Nähe kannte, dass es nicht selten vorkam, dass ich mich mit ein paar Freunden in der Nacht an die Grenze geschlichen hatte und wenn wir mutig die Taschenlampen anknipsten, nur wenige Meter entfernt die Grenzer standen und zwar mit dem Gewehr im Anschlag und auf uns zielten. Wir uns so manches Mal fast in die Hosen gemacht hatten, es später aber als Heldentaten verbreiteten. Ich habe auf Straßen gesessen und mich wegtragen lassen, ich habe Steine nach Polizisten geschmissen, worauf ich heute nicht mehr sonderlich Stolz bin und ich habe dem Staat meinen Dienst verweigert und zwar total, bis man mich eingesperrt hat, darauf allerdings bin ich bis heute Stolz. Sie lauschte mir genauso gespannt, wie ich vorher ihr gelauscht hatte. Dann war ich fertig und nahm nun ihr Gesicht in meine Hände. Einige Zeit später standen wir auf und packten unseren Müll wieder zusammen, wir machten uns auf den Rückweg. Ich sagte ihr nochmal, dass es sich um einen wunderschönen Ort handeln würde und ich in den nächste Tagen gerne öfter mit ihr dorthin gehen wolle, sie nickte nur. Als wir bei ihr vor dem Haus angekommen waren, meinte sie, dass sie jetzt noch ein wenig was einkaufen müsse, um mich am Abend satt zu bekommen, ich lachte und sagte, dass ich meinen Koffer holen würde, wenn sie nichts dagegen hätte. Dann bräuchte ich morgens nicht so weit bis zu meinem Kleiderschrank laufen. Jetzt lachte sie und behauptete schon den ganzen Tag darauf zu warten, dass ich diesen Vorschlag mache, ich war für den Augenblick ein glücklicher Mensch. Wir verabschiedeten uns für den kurzen Augenblick und ich ging direkt zu meinem Hotel. An der Rezeption sagte ich Bescheid, dass man die Rechnung für mich fertig machen solle, ich würde gleich abreisen. Die Dame war zwar überrascht über den kurzfristigen Entschluss, nickte dann aber. Ich ging auf mein Zimmer und packte meine Sachen in den Koffer. Ich sah mich noch einmal um und irgendwie wartete ich auf eine Stimme, doch sie blieb aus, anscheinend gab es nichts zu sagen. Letztmalig prüfte ich den Schrank, das Bad und die Garderobe, nichts war liegen geblieben und ich ging. Meine Rechnung war fertig, ich bezahlte und marschierte zurück zum Haus der jungen Frau. Sie war offensichtlich noch nicht von ihrem Einkauf zurück, zumindest gab es keine Reaktion auf mein Klingeln. Mit dem Koffer wollte ich nun nicht durch die Gegend laufen und so setzte ich mich auf eine Bank in der Nähe. Der kleine Junge, den ich gerettet hatte, kam vorbei, er schien mich wieder zu erkennen und setzte sich zu mir. Ich war ein wenig nervös. Was wollte er von mir? Was sollte ich sagen? „Mama hat immer gesagt, ich soll nett sein, zu meinem Onkel, aber ich konnte ihn nie leiden, ich weiß nicht mal ob er wirklich mein Onkel war. Du hast ihn verbrannt nicht wahr? Ich wollte mich nur dafür bedanken", sagte der Junge, stand auf und ging. Er ging direkt an der jungen Frau vorbei, die mit drei schweren Tüten gerade um die Ecke kam, sie grüßten sich, das konnte ich erkennen. Schnell stand ich auf um ihr die Tüten abzunehmen, vergaß dabei meinen Koffer und schon mussten wir wieder lachen, was das Beste war, was mir in diesem Moment passieren konnte. Nachdem wir die Tüten und den Koffer ins Haus gebracht hatten sagte sie mir, was es zum Abendessen geben solle und fragte ob ich helfen wolle, was ich bejahte. Wir waren lange in der Küche beschäftigt und mit der Zeit breiteten sich die verschiedenen Düfte der Zutaten im ganzen Haus aus. Kochen ist eine wunderbare Sache, weil an ihrem Ende immer köstlicher Genuss steht. So war es auch diesmal, gemeinsam haben wir ein ganz vorzügliches Mahl bereitet, was wir in vollen Zügen genossen. Dazu gab es einen wunderbaren Wein, die Zeit dürfte sich in solchen Momenten einfach nicht weitere drehen. Aber so war es nun mal nicht und auch dieser wunderbare Abend ging zu Ende. Irgendwann atmete die junge Frau gleichmäßig neben mir liegend und ich lauschte den Geräuschen im Haus. Lange konnte ich nicht einschlafen und ging noch zweimal zur Toilette, sie bekam davon nichts mit. Jetzt fiel mir der Junge wieder ein. Was hatte er mir gesagt? Hatte ich das wirklich richtig verstanden? Hatte seine Mutter ihm gesagt, er solle nett sein zu dem Onkel? Konnte es sein, das die Mutter ihren Jungen an den Mann verkauft hat, oder waren sie wirklich verwandt? Was wäre das Schlimmere von beidem, eine Mutter die für Geld alles hergibt, oder ein Verwandter der nicht einmal vor der eigenen Verwandtschaft zurück schreckt und auch dann musste die Mutter etwas gewusst haben. Die Mutter war also auf jeden Fall schuldig. Ich schlief ein.

Besucher

Diesmal erschien er mir im Traum, ich sah uns beide und wir saßen auf einer Bank. Er schien das erste Mal, seit ich ihn kannte, sehr nachdenklich zu sein. Er saß steif neben mir, hatte die Beine übereinander geschlagen und starrte geradeaus auf ein Feld. Dort standen etliche Bäume, doch an denen hingen anstatt der Früchte kleine Jungen, es waren viele. Am Rande stand ein großes Schild auf dem stand „Reife Jungs zum Selber pflücken." Ich saß neben ihm und starrte ihn an, meine Augen schienen von Sinnen zu sein. „Sieh es Dir an, eine Welt für Schlechtmenschen, sie pflücken sich von den Bäumen was sie brauchen, es gibt nicht nur Jungs es gibt auch Felder mit Mädchen, mit Säuglingen, für jeden Perversen das Richtige, auch diese Welt hat einen Schöpfer, einen der es erschaffen hat. Es ist derselbe wie unser und manchmal bringt er halt was durcheinander, da verschwimmen die Welten, da taucht dann einer in der falschen auf. Anfangs war das noch kein Problem, er konnte es schnell korrigieren, aber es wurden immer mehr und er verlor den Überblick, deswegen heuert er jetzt Leute wie mich an, um die Fehler zu korrigieren. Doch das reicht nicht, viele wollen nicht zurück, wollen dem Schöpfer nicht helfen. Er hat ihnen ja auch nicht geholfen und für Wiedergutmachung ist es ihnen zu spät. Ich könnte Dir noch viele andere Welten zeigen, doch ernsthaft glauben würdest Du es nicht, es ist am Ende doch nur ein Traum oder besser ein Albtraum, für Dich genauso wie für die hier Lebenden." „Wann bist Du fertig, wann wirst Du verschwinden", fragte ich. Er antwortete wieder nicht, er war wieder völlig in Gedanken versunken. Die Bilder verwackelten, dann flogen wir auf unserer Bank sitzend über die Felder, über unsere Stadt, kreisten ein wenig, gewannen an Höhe und fielen dann wieder runter, rasend schnell, ich bekam Angst, doch kurz vor dem Boden bremsten wir ab und die Bank stand in einem Park. Auf einem Spielplatz stand eine Schaukel, sie war leer, hinter einem Gebüsch setzte sich ein junges Mädchen einen Schuss, ihre Augen verloren sich in einer anderen Welt, wir schauten zu. „Ich verstehe euch alle nicht, ich habe mir nun eure Welt eine Weile angeschaut, so wie ich sie nicht erleben durfte. Ihr könntet es so gut haben, aber nein, ein Leben in Frieden ist euch zu einfach. Ihr habt keinen Hunger und könnt euch die meisten Wünsche erfüllen ohne größere Probleme, aber ihr jammert, dass das zu wenig ist. Ihr redet so wenig miteinander, obwohl darin doch ein riesiges Vergnügen besteht. Ihr sitzt lieber alleine vor eurem Computer und spielt in einer erfundenen Welt. Ihr führt visuelle Kriege in einer Scheinwelt und geht darin auf. Ihr lasst euch von Zeitungen und Fernsehbildern manipulieren, Meinungen aufzwängen ohne über das gehörte oder gesehene nachzudenken. Ihr sucht nach Fehlern bei den Nachbarn, um euch darüber aufzuregen. Ihr beschwert euch über die, die regieren ohne zu akzeptieren, dass ihr sie gewählt habt und selber keine Lust auf Verantwortung spürt. Ihr geht maulend eurer Arbeit nach anstatt froh zu sein, dass es so viel Arbeit gibt. Ihr schimpft auf die, denen es wirklich schlecht geht in ihrer Heimat, wenn sie zu euch kommen, um auch ein menschenwürdiges Leben zu führen. Ihr tut empört wenn Jugendliche zu fanatischen Tätern werden, wollt aber nicht darüber nachdenken, ob ihr nicht ein wenig mitschuldig seit an deren Handeln. Ihr könnt einfach nicht nebeneinander leben, das finde ich erbärmlich." Und wieder heben wir ab und fliegen über den Wolken auf unserer Bank. „Und dann beklagt ihr euch beim Schöpfer, warum er nicht eingreift. Würde er immer eingreifen, würdet ihr euch beschweren, dass ihr auch mal etwas alleine entscheiden wollt, der Schöpfer kann es euch auch nicht recht machen." Wir fliegen weiter in eine vergangene Zeit, Menschen werden in Züge verfrachtet und abtransportiert, Kriegsfelder mit tausenden von Toten und Verwundeten ziehen vorbei und dann sind wir wieder im Jetzt und trotzdem gibt es einen Giftgasangriff auf Unschuldige, auf Kinder und Frauen und weiter geht es in ein Parlament, dort wird gestritten, wie schlimm denn dieser Angriff auf die Zivilisation wirklich war, obwohl es da doch keine zwei Meinungen geben dürfte, doch es gibt viel mehr wie zwei und mir wird schlecht. „Schau es Dir an, das ist keine andere Welt, das ist Deine, die auf der Du nichts tust." Ich will protestieren und kann es nicht, ich schlage die Augen zu und wieder auf und wir sitzen wieder am Feld und sehen die Kinder an den Bäumen wachsen. „Ich habe noch eine Aufgabe, es ist die Schwerste für mich und ich bin noch nicht so weit, ich erwarte von Dir nichts mehr, nur dass Du mir ab und an nochmal zuhörst, was Du aus Deinem Leben machst liegt bei Dir, aber warte nicht zu lang." Er steht auf und geht über das Feld zu den Bäumen, ich will ihm etwas nachrufen, doch meine Lippen sind zusammengenäht, die blutigen Fäden hängen an den Mundwinkeln runter. Ich wache auf.

18

Ein nasser Lappen lag auf meiner Stirn, auf der Bettkante saß die junge Frau und schaute mich sorgenvoll an. Sie hatte versucht mich zu wecken nachdem ich mich hin und her geschmissen hatte, es ist ihr nicht ge-

lungen. Ich hatte angefangen zu schwitzen und unde-
finierbare Töne von mir zu geben. Sie hat es mit der
Angst zu tun bekommen und fragte mich nun, ob alles
in Ordnung sei. Ich verstand nicht gleich, hatte Mühe
mich aus dem Traum zu befreien, kam nur langsam zu
mir und registrierte Stück für Stück wo und wer ich war.
Ich nickte und fasste mir an den Mund, er war da wo er
sein sollte und die Lippen ließen sich öffnen. Ich sagte,
dass ich wohl geträumt hätte, es wäre alles in Ordnung.
Das war so weit weg von der Wahrheit, dass man es
schon als unendlich hätte bezeichnen können, aber
was sollte ich ihr sagen und so zwang ich mich zu einem
Lächeln. Sie nahm den Lappen von meiner Stirn und
fragte wie es denn dann mit einem Kaffee sei, ich
nickte. Nachdem sie das Schlafzimmer verlassen hatte
und ich Geräusche aus der Küche hörte, atmete ich
tief durch und quälte mich aus dem Bett, ich duschte
so ausgiebig, dass die Finger schon schrumpelig wurden. Als ich in die Küche kam, zog ich neben dem Kaf-
feeduft auch den frischer Brötchen in mich auf. Wir
frühstückten und lächelten uns an, ich genoss von Minute zu Minute mehr und verstand in demselben
Tempo die Worte, die ich gehört hatte. Ich wollte am
liebsten der ganzen Welt mitteilen, wie sehr man einen
Morgen genießen kann, nur weil er eben da ist. Nur leider muss dieses ja jeder für sich selbst herausfinden.
Nach dem Frühstück räumten wir gemeinsam die Küche auf und gingen einkaufen, ich lächelte und versuchte die Menschen zu zählen, die es ebenfalls taten,

aber es gab keine. Anscheinend hatten alle das Lächeln verlernt. Dabei war doch die Hälfte der Menschen, die ich an diesem Morgen sah, im Urlaub, aber nicht einmal der lässt die Menschen fröhlich sein. Nur die junge Frau an meiner Seite schien glücklich und zufrieden. Wir brachten die Einkäufe zurück, verfrachteten alles in den Schränken und im Kühlschrank und beschlossen zum Meer zu gehen um eventuell ein wenig zu baden. Am Strand war nicht so viel los, es war keine Hauptferienzeit mehr und das Wetter hatte auch schon mehr Sonne im Programm. So ist der Urlauber dann eben, wenn die Sonne nicht von morgens bis abends scheint, hat er schon Schwierigkeiten einen Tag auf der Insel herumzukriegen. Beim Heimatbericht heißt es dann, das Wetter war bescheiden, wir müssen das nächste Mal wieder in den Süden. Wir suchten uns einen ruhigen Strandkorb, drehten ihn so, dass der Wind uns nicht direkt traf und setzten uns erst mal für eine Stunde hinein. Dann sagte ich, dass ich schwimmen will und zog mir das Shirt aus um zum Wasser zu gehen. Die junge Frau sagte, dass sie nicht mitkäme, mich aber im Auge behalten werde, ich sollte bloß nicht zu weit raus schwimmen. Langsam aber stetig schritt ich in die leichte Brandung, das Wasser war nicht mehr das Wärmste, so dass man erst mal rein musste um es genießen zu können. Nachdem es die Badehose geflutet hat, sprang ich in die nächste Welle und schwamm hinaus. Vereinzelt sah ich ein paar Quallen und erinnerte mich an den Traum mit dem Mädchen. Ich bekam etwas Angst und schwamm schneller. Kurze Zeit später sah ich mich um und erschrak, da ich doch weiter vom Ufer weg war als ich es vorgehabt hatte. Ich drehte um und war, nachdem ich den Boden wieder unter den Füßen hatte, ziemlich erschöpft. Ich setzte mich im Wasser hin, so dass der Kopf heraus guckte. Nach einer weiteren Weile hatte ich mich erholt und ging zurück zu unserem Strandkorb, die junge Frau war verschwunden. Ich nahm mir mein Handtuch und trocknete mich ab, ich sah nach ob sie eine Nachricht hinterlassen hatte, fand aber keine, es war sonderbar. Ich zog die nasse Badehose aus und mir frische Sachen über, dann ging ich ein wenig am Strand auf und ab, behielt aber den Strandkorb im Auge, nirgends war etwas von ihr zu sehen. Schließlich packte ich die Sachen zusammen und machte mich auf den Weg zu ihr nach Hause, dort war aber auch niemand. Was sollte ich jetzt machen? Ich war ein wenig ratlos und ging zurück zum Strand. Am Strandkorb angekommen setzte ich mich und überlegte. Hatte sie etwas gesagt was ich vergessen habe? Ich konnte mich nicht erinnern, ich wurde immer nervöser. Als mein Blick über das Meer strich sah ich sie plötzlich, sie war ein ganzes Stück weit draußen und sie schien mit den Armen zu rudern, sofort war ich von Panik befallen, riss mir meine Klamotten vom Leib, zerrte mir die nasse Badehose wieder an und rannte ins Wasser. Ich schwamm wie um mein Leben. Zwischendurch verlor ich sie immer wieder aus den Augen und dann tauchte sie dicht vor mir auf. Ich griff ihr unter die Arme und versuchte sie zu beruhigen, was mir erst nach einigem Mühen gelang. Ich schwamm mit ihr an Land, eine handtellergroße Feuerqualle klebte an ihrem Oberschenkel, die ich vorsichtig entfernte. Anschließend trocknete ich die junge Frau ab. Ich war ein wenig wütend, konnte es aber für mich behalten und beschloss die Tatsache zu genießen, dass ich sie rechtzeitig gesehen hatte und eingreifen konnte. Hatte der Junge versucht sie zu töten? War sie seine letzte Aufgabe? Mir war schlecht bei dem Gedanken, leider war es nicht völlig abwegig. Konnte ich ihn dauerhaft davon abbringen? Gab es für ihn eine Möglichkeit oder war es Teil des Deals, den er geschlossen hatte und den er vollenden musste. Hatte er Zeit oder war eine Frist vereinbart? Am liebsten hätte ich das alles gleich mit ihm geklärt, nur leider musste ich warten bis er wieder zu mir kommen würde. Was ist wenn er sich nicht mehr zeigen würde? Ich musste auf die junge Frau aufpassen und zwar rund um die Uhr. Sie hatte sich in der Zwischenzeit ein wenig erholt, so dass wir uns auf den Rückweg machen konnten. Wir gingen an einer Apotheke vorbei und besorgten eine Salbe für den Oberschenkel, er brannte feuerrot. Bei ihr angekommen, duschte sie erst mal und legte sich dann ins Bett, sie war völlig erschöpft, ich legte mich zu ihr. Ich sagte, dass ich für heute das Kochen übernehmen werde, sie solle sich erst mal ausruhen. Sie meinte, sie hätte da draußen Stimmen gehört, von ihrer Tochter nur ein wimmern, aber ihren Sohn habe sie deutlich gehört, wie er sagte, dass er gekommen sei um sie zu holen und dann hatte sie den Schmerz auf dem Oberschenkel. Etwas schien nach ihr zu greifen und sie hat Panik bekommen. So etwas ist ihr noch nie passiert. Dann schlief sie ein. Also hat er es tatsächlich versucht, ich erschrak und blieb an ihrem Bett sitzen um zu sehen, dass sie auch atmet. Ich erinnerte mich, in der Wohnung ein Babyphone gesehen zu haben, wahrscheinlich für irgendwelche Sitting-Jobs, die sie so machte. Ich probierte es und stellte fest, dass es voll funktionsfähig war. Ich stellte es auf den Nachtisch und nahm das zweite Gerät mit in die Küche. Ich schnippelte, briet an, kochte und schmeckte ab, wenn ich zu lange keine Geräusche mehr gehört hatte ging ich kurz ins Schlafzimmer und sah nach. Kurz bevor das Essen angerichtet war, hörte ich ihre Stimme durch das Babyphone, sie sei wieder unter den Lebenden, dabei lachte sie und ich entkrampfte merklich. Beim Essen erzählte sie, dass sie mich nicht mehr sehen konnte und eine Weile auf und ab gegangen sei, dann habe sie Angst bekommen und habe beschlossen ebenfalls raus zu schwimmen um nach mir zu suchen. In der Zwischenzeit muss ich wieder an Land gekommen sein, irgendwie hatten wir uns verpasst. Sie sei nach kurzer Zeit nochmal zurück geschwommen um nachzusehen, ob ich nicht vielleicht doch zurückgekommen sei, aber der Strandkorb war leer. Dann hat sie beschlossen nochmal raus zu schwimmen, bevor sie Hilfe holen würde und dann seien die Stimmen und die Qualle gekommen, zum Glück hätte ich sie noch rechtzeitig gesehen. Wir beschlossen ein wenig besser aufeinander aufzupassen, wie auch immer das Aussehen möge. Den restlichen

Tag verbrachten wir im Haus, wir spielten eine Partie Schach, merkten aber bald das es sinnlos war, die Erinnerung war noch zu frisch. Wir sahen uns eine DVD über die Insel an und sie ergänzte das Eine oder Andere. Später öffneten wir eine Flasche Wein und genossen das Leben. Als sie auf der Couch neben mir eingeschlafen war, trug ich sie vorsichtig ins Bett und deckte sie zu. Ich duschte mir den Tag vom Körper und legte mich ebenfalls ins Bett. Innerlich rief ich nach dem Jungen, konnte ihn aber nicht erreichen, nach einiger Zeit schlief auch ich ein.

Besucher beim Schöpfer

„Ich muss unbedingt mit dem Schöpfer reden", sagte der Junge zu dem Helfer, der fragte aber nur ob er seinen Teil erledigt hätte, „darum geht es ja gerade", schrie der Junge. Der Schöpfer saß hinter seinem Schreibtisch und sah auf, er wollte wissen was da draußen los sei, wenn es der Junge sei, könne man ihn in einer halben Stunde reinbringen, aber bis dahin brauche er Ruhe und zwar absolute. Der Junge wurde auf einen allein stehenden Stuhl gesetzt und ihm gesagt, wenn er nicht die nächsten dreißig Minuten totenstill sei, würde er heute nicht mehr vorgelassen. Es wurden qualvolle Minuten in absoluter Stille, er traute sich nicht mehr zu atmen und wäre dabei fast ohnmächtig geworden. Was für ein Quatsch, er war doch bereits tot, aber gefühlt wäre er fast ohnmächtig geworden und dann sicherlich vom Stuhl gefallen, das hätte Lärm verursacht und sein Weg hierher wäre umsonst gewesen. Er musste unbedingt mit dem Schöpfer reden, da konnte es auch keinen Aufschub geben. Als die dreißig Minuten dann endlich vergangen waren, dröhnte des Schöpfers Stimme durch den Raum, er könne jetzt hereintreten. Da es keine Tür gab, ging er durch die Wand und kam direkt gegenüber dem mächtigen Schreibtisch herein. Der Schöpfer winkte ihn heran und sagte, dass er ihm zehn Minuten geben könne, er solle sich solch Überraschungsbesuche aber in Zukunft verkneifen, er sei schließlich ein vielbeschäftigter Mann. Dann drängte er den Jungen anzufangen und endlich vorzutragen weswegen er gekommen sei. Der Junge war verunsichert, fasste sich dann aber schnell wieder und legte los: „Wir müssen unsere Absprache ändern, den Letzten kann ich nicht liefern, ich habe es heute probiert, aber es ist danebengegangen und als ich das gesehen habe, habe ich mich gefreut. In dem Moment war mir klar, dass ich diese letzte Lieferung nicht bringen kann, dafür habe ich aber schließlich einen anderen abgeliefert. Wenn auch nicht von eigener Hand gerichtet, so doch immerhin in Auftrag gegeben." Er starrte den Schöpfer an, der irgendetwas auf seinem Schreibtisch zu suchen schien, doch der Tisch war leer. Der Schöpfer schaute auf und fragte ob das alles sei, der Junge nickte. „Wir haben eine Abmachung getroffen und Du musst Deinen Teil beitragen wie ich meinen, da gibt es nichts zu verhandeln und nun geh und bring mir die Frau. Lass Dir dabei aber nicht ewig Zeit, wenn sie von alleine stirbt hast Du Deinen Teil nicht erfüllt und ich kann mit Dir machen was ich will. Nun geh, ich habe zu tun." Der Junge wurde kreidebleich, er wollte noch etwas erwidern, doch von hinten packten ihn bereits die Hände der Helfer und schoben ihn durch die Wand nach draußen, anschließend warfen sie ihn in einen Schacht und er fiel zurück auf die Erde, einsam und für niemanden sichtbar. Der Junge lag stundenlang auf einer Wiese und weinte, er wollte seine Mutter nicht töten. Aus irgendeinem Grund gab er ihr die geringste Schuld an seinem Leben oder besser an seinem Leiden, an seinem Leben an sich trug sie natürlich eine Mitschuld. Zum Leben erschaffen gehörten nun mal zwei Menschen. Was sollte er jetzt machen, ein paar Jahre die Welt beobachten und mit Hilfe des Mannes eventuell hier und da eingreifen, damit seine Mutter noch Zeit bekam die Welt zu genießen oder sollte er egoistisch sein und sie töten, damit er seinen Frieden findet. Er wusste es nicht, er war ja auch noch ein Junge und hatte einfach schon zu viel erlebt. Nachdem er sich endlich beruhigt hatte, ging er los, er machte sich auf den Weg zurück auf die Insel, er musste nachdenken und reden, zweites ging nun mal nur auf der Insel, denn da war der Mann den er sich ausgesucht hatte.

19

Er war in der Nacht fern geblieben und ich wusste nicht, ob ich das als gutes Zeichen sehen sollte. Ich musste ihn sprechen, ich musste ihn von seinem Plan abbringen, wie auch immer mir das gelingen sollte, ich hatte mich in diese Frau verliebt und hatte keine Lust so schnell an ihrem Grab stehen zu müssen. Ich blieb liegen und lauschte dem Atem neben mir, er war gleichmäßig und ruhig, es war schön ihm zuzuhören. Nach einer Weile des Lauschens, der Leben bezeichnenden Geräusche, stand ich leise auf, ein letzter Blick auf die liegend Schlafende. Ich zog mir einen Morgenmantel über, öffnete vorsichtig die Terrassentür und setzte mich in einen Liegestuhl. Ich sah in den Himmel, der in einzigartigem Dali-blau leuchtete, wie es nur an wenigen Tagen hier im Norden der Fall ist. Kondensstreifen der Reisenden teilten das Blau und Fernweh machte sich in mir breit. „Ich weiß, dass Du mir zuhörst, was Du versuchst hast war falsch und ich konnte es gerade noch verhindern, sie ist Deine Mutter und sie hat immer nur das Beste für Dich gewollt, wenn sie gewusst hätte in welche Hölle sie Dich gegeben hat, hätte sie Dich da heraus geholt. Sie denkt so viel an Dich und würde gerne wissen, dass es Dir gut geht und dass sie alles richtig gemacht hat. Zu wissen das es nicht so ist, würde sie umbringen. Ich bitte Dich inständig, versuche es nicht weiter. Ich weiß, das ich es nicht immer verhindern kann, ich werde irgendwann zu spät kommen, aber ich werde es Dir auch nicht leicht machen. Du musst Deinen Deal, wie Du ihn nennst, ändern. Das muss gehen. Ich habe getan was Du von mir erwartet hast, zumindest dieses eine Mal und damit muss ich leben, nimm mir diese Frau jetzt nicht wieder weg, denn dann kann ich nichts mehr für Dich tun. Ich weiß nicht, ob ich Dich überzeugen kann und ich fürchte, dass Du zu sehr gelitten hast um mich zu verstehen und glauben zu können, dass sie keine direkte Schuld trifft. Rede mit mir und rede mit dem Schöpfer." „Mit wem redest du da?" erklang es hinter mir und ich erschrak. Sie war aufgestanden und hatte mich draußen sitzen sehen. Dass sie die Tür aufgeschoben hat, habe ich nicht mitbekommen. „Selbstgespräche, aber nichts Ernstes", antwortete ich und zog sie zu mir ran. Ich fragte, ob sie von mir wach geworden sei, was sie verneinte. Sie wirkte erholt und lächelte so, dass mir wieder ein Drahtseil das Herz zusammenriss. Sie sagte, das es zu frisch sei hier draußen und ich mir was weg holen würde, wir sollten lieber hinein gehen oder uns was Richtiges anziehen. Ich stand auf und ging mit ihr in die Küche. Ich weiß nicht ob er da war und etwas sagen wollte, es musste warten. An diesem Tag sprachen wir nicht sehr viel miteinander, wir hielten uns an den Händen und munterten uns mit gegenseitigem Lächeln immer wieder auf. Ich hatte das Gefühl, dass sie mir zugehört hatte und wusste, dass ich mit ihrem Sohn sprach, konnte es aber nicht ansprechen. Die Gefahr, dass ich mich täuschte war einfach zu groß. Irgendwann sagte sie zu mir: Ich glaube, mein Junge wollte das ich da draußen ertrinke, er wollte Rache an mir nehmen, weil ich ihn weggegeben habe, ich bin mir fast sicher seine Stimme erkannt zu haben, obwohl ich sie ja gar nicht kennen kann. Er war ja noch viel zu klein, als das er schon eine richtige Stimme hatte." Ich schaute sie an und sagte nichts. Wir gingen am Nachmittag lange spazieren, nur nicht am Strand entlang, sie wollte nicht zu dicht ans Wasser, ich machte mir Sorgen. Am Abend saßen wir wieder auf der Terrasse und aßen eine Fertigpizza, anschließend rauchte ich eine Zigarre und erzählte ihr die ganze Geschichte, sie weinte immer wieder und ich musste sie wiederholt in den Arm nehmen. Ich fürchtete sie würde mich jetzt hinaus schmeißen, weil ich sie nur benutzt hatte, um etwas über ihren Sohn zu erfahren. Aber sie nickte am Ende nur und glaubte mir meine Liebe zu ihr. Sie bedankte sich für die Worte und meinte, dass sie etwas in der Art geahnt habe, natürlich nicht alles, dazu sei es zu verrückt. Ja verrückt hat sie gesagt und das traf es ja auch irgendwie am Besten. Wir fragten uns, wie es weiter gehen könne und ich sagte, dass ich hoffe, dass der Junge noch mal mit mir spricht, vielleicht ja sogar wenn sie dabei ist. Dabei fiel mir ein, dass ihn außer mir keiner hören konnte, so hatte er es mir ja mal gesagt, aber das konnte auch nicht so ganz stimmen, denn schließlich hatte er zu ihr gesprochen dort draußen im Meer. Lange saßen wir auf der Terrasse, es war bereits dunkle Nacht und ich hoffte und wartete, aber nichts geschah. Ich meinte, dass ich am nächsten Tag einen alleinigen Spaziergang wagen würde, wenn sie einverstanden ist, in der Hoffnung, dass er dann zu mir kommt. Wir packten unsere Sachen zusammen und gingen ins Schlafzimmer. Wir lagen lange wach und hörten uns gegenseitig beim Atmen zu. Irgendwann schliefen wir ein.

Spaziergang

Nach einer sehr unruhigen Nacht und einem schweigsamen Frühstück, zog ich mich an und machte mich auf den Weg an den Strand. Ich sagte, ich sei in spätestens drei Stunden zurück, sie solle auf sich aufpassen, vor allem wenn sie Stimmen hört nicht darauf reagieren. Ich ging erst ein bisschen durch den Ort, ich war nervös. Langsam näherte ich mich dem Strand, nicht wissend ob es so klug war die junge Frau jetzt alleine zu lassen, aber eigentlich hatte ich keine Wahl. Ich ging am Strand entlang, außer mir war keine Menschenseele zu sehen. Nach etwa einer halben Stunde merkte ich, dass neben mir jemand ging, er war nicht zu sehen, nur seine Abdrücke erschienen im Sand. Wenn ich stehen blieb, blieb er auch stehen und wenn ich weiter ging, ging auch er neben mir weiter, es war mehr als nur unheimlich. Ich überlegte, was ich sagen sollte und fand lange keinen Anfang. „Wir müssen reden, Du musst mir sagen ob ich eine Chance habe, etwas an Deinem Vorhaben zu ändern", begann ich vorsichtig, doch es gab erst mal keine Reaktion. Ich wurde ungeduldig. „Sie hat genug gelitten, gerade jetzt nachdem ich ihr gesagt habe, dass Du bereits tot bist. Warum willst Du sie denn unbedingt auch töten? Es muss doch auch eine andere Lösung geben." Er blieb ein Stück zurück, holte dann aber wieder auf und ging wieder neben mir. „Es ist nicht so leicht wie Du Dir das denkst, ja ich habe versucht sie zu töten, da draußen im Meer. Ich hätte nicht gedacht, dass Du sie retten könntest", fing er an und schwieg dann wieder eine ganze Weile. „Sie hat mich im Stich gelassen, sie hätte mir helfen können. Wenn ihr ihr eigenes Wohlergehen nicht wichtiger gewesen wäre. Sie hat mich verdrängt um selber glücklich leben zu können. Ich bin ihr doch erst viel später wieder eingefallen, als es bereits zu spät war und auch da hat sie dann nichts unternommen. Sie hat den Tod genauso verdient wie die anderen auch. Ich kann nicht mehr zurück, ich muss nun meinen Teil der Absprache einhalten, Du wirst es auf Dauer nicht verhindern können, finde Dich damit ab." Ich ging schweigend weiter und beobachtete die sich bildenden Abdrücke neben mir, er blieb an meiner Seite. „So leicht kann es sich der Schöpfer doch nicht machen, er hat doch ebenso Schuld, er hat den Menschen erschaffen, er hat ihm die Möglichkeit des eigenen Handelns überlassen, er hat ihn doch so schlecht werden lassen. Merkst Du nicht, dass er Dich nur ausnutzt um seinen Fehler wieder ein wenig auszubügeln. Wo war denn die Kirche? Sie hat Dich ja sogar beherbergt. Es war doch einer von seinen Gesandten, der Dir das angetan hat. Da hätte er doch am ehesten die Möglichkeit gehabt einzugreifen. Was hat er denn getan, weggeschaut? War er mit anderem beschäftigt und wenn womit denn? Ist er womöglich einfach irgendwo feiern gewesen, hat sich amüsiert? Ist ihm seine Welt so egal geworden? Warum will er Dich jetzt so missbrauchen? Er lässt Dich für seine Nachlässigkeiten morden. Denk doch nach, das kannst Du doch noch. Du sollst nicht töten, Du sollst Vater und Mutter ehren. Gilt das für Dich nicht mehr? Hat er die Gebote für Dich aufgehoben? Warum räumt er nicht selber auf in seinem Saustall? Warum hat er die Gesellschaft so verrohen lassen? Guckt er gar nicht mehr hin, womit sich der Mensch beschäftigt, was der Einzelne aus Langeweile heraus so tut? Warum gibt er dem Einzelnen nicht ein Ziel, damit er den Sinn des Lebens besser verstehen kann? Warum schickt er Dich nicht gleich los die Politiker alle gleichsam zu beseitigen, weil sie es versäumen für mehr Sicherheit der Bürger, und dazu zählen auch die Kinder, zu sorgen? Warum lässt er es zu, dass sie korrupt ihrem eigenen Wohlbefinden nachgehen und allen Anderen vor heucheln, dass das was sie machen das Beste für das Volk ist? Was änderst Du denn schon, wenn Du jetzt auch noch Deine eigene Mutter tötest? Hatte sie denn wirklich eine Chance, oder redet er Dir das nur ein? Denk doch mal nach." Es sprudelte aus mir raus und ich schluckte, die Spuren blieben ein Stück zurück und kamen dann wieder näher. „Du verstehst das nicht, Du hast das alles nicht erlebt, Du bist verliebt und verlierst den Blick für die Realität. Jeder ist für sich selber verantwortlich, jeder hat die gleiche Chance, etwas Sinnvolles aus seinem Leben zu machen. Und wer ein Kind in die Welt setzt, trägt die Verantwortung für dieses Wesen, bis es die Verantwortung selber tragen kann und nicht bis es einem passt, bis man was anderes vorhat. Diese eine Verantwortung darf man nicht einfach weiter geben und sich dann nicht mehr kümmern. Ein Kind lässt man nicht fallen." „Sie hat Dich doch nicht fallen gelassen, sie hat Dich verantwortungsvoll in gute Hände gegeben. Für sie war das nicht leicht, sie war sich sicher, dass Du es besser haben wirst, wenn Du in verantwortungsvollere Hände als die ihrigen gegeben wirst, dass das nicht so war lag doch nicht an ihr. Was ist das denn für eine Welt, in der man nicht einmal mehr der Kirche vertrauen kann, wo war denn der Staat, das Jugendamt? Hätten die nicht gucken müssen was aus Dir geworden ist? Willst Du die auch noch alle töten? Warum hat denn niemand nachgefragt, als Du ins schulpflichtige Alter gekommen bist? Wer hat denn da versagt? Auch die, willst Du die auch alle töten? Was ist mit der Polizei? Es war ja nicht nur der eine Polizist, der hätte aufhorchen müssen. Aber bei all den Irren, die ständig bei der Polizei aufkreuzen, ist es nun mal nicht leicht zu unterscheiden wo gehandelt werden muss und wo eben nicht. Und woran liegt das? Die Medien wollen Skandale aufdecken. Die Medien würden sich auf Deinen Fall stürzen. Sie würden die Kirche anklagen, sie würden die Politik anklagen. Aber am Ende bliebe ein Einzelschicksal, verübt von einem Einzeltäter, dem man nur mit besserer Überwachung des Bürgers hätte beikommen können." Ich merkte, dass meine Schritte immer schneller geworden waren und ich bereits ein wenig nach Luft schnappte. Ich war aufgebracht und wusste doch, dass ich lediglich versuche etwas schöner zu reden als es war. Gerechtigkeit konnte es in dem Fall ja nicht geben. Der Junge hatte verloren und das war nicht zu ändern. Ich blieb stehen und drehte mich langsam um, ich erschrak, die junge Frau war direkt hinter mir und sah mich an. Sie fragte, ob er da sei und ob ich die ganze Zeit zu ihm gesprochen hätte, ich nickte. Sie sagte, weil ich sie fragend ansah, dass sie sich doch zu große Sorgen gemacht habe, sie konnte nicht warten und ist mir nachgegangen, ich hätte sie aber überhaupt nicht bemerkt. Ich fragte, seit wann sie denn zuhörte, sie meinte, dass sie alles gehört habe was ich gesagt hatte. Ich zeigte auf die Abdrücke im Sand und fragte, ob sie die auch sehen könne, sie nickte. Ich bat sie, sie im Auge zu behalten. Der Junge stieß mich in die Seite und sagte: „Ich muss jetzt erst mal gehen, wie ich aber bereits gesagt habe, ich kann nichts mehr für Dich tun, falls wir uns nicht mehr begegnen, lebe wohl." Ich starrte auf die weggehenden Fußabdrücke und schrie ihm hinterher: „Das kannst Du nicht machen, erst platzt Du ohne Voranmeldung in mein Leben und jetzt willst Du es vernichten, dazu hast

Du kein Recht." Die junge Frau hatte Tränen in den Augen und schaute auf das Meer hinaus, ich nahm ihre Hand und wir standen da wie ein altes Paar. Auf dem Rückweg wollte sie wissen, ob er wieder kommen würde, um sie zu holen, ich beruhigte sie mit dem Wissen, dass es gelogen war. Angst schnürte mir den Hals zu und lastete zentnerschwer auf meiner Brust. Wie lange kann ein Mensch in permanenter Angst überleben ohne durch zu drehen? Gab es die Möglichkeit, dass irgendwann Normalität eintritt? Konnte man die Gefahr ignorieren und am Ende vielleicht vergessen? Wie lange würde es dauern bis man sich wieder sicher fühlte? Ich glaubte nicht mehr an ein glückliches Ende.

20

Es waren drei Wochen vergangen und nichts passierte, es gab Augenblicke in denen alles vergessen war und wir in purem Glück schwebten und dann gab es Momente in denen wir weinend aneinander gekuschelt da saßen und nichts als Angst hatten.

Wir konnten ja nicht zur Polizei gehen und ihr sagen, dass da jemand lauert und die junge Frau umbringen will, man hätte uns eingesperrt, aber nicht ins Gefängnis, sondern in die Klapsmühle. Wir versuchten die Tage so normal wie möglich zu verleben und meistens gelang es uns ganz gut. Weitere zwei Wochen später kam ich von einem Spaziergang, den ich ausnahmsweise

alleine unternommen hatte, die junge Frau hatte Kopf-
schmerzen und wollte sich in der Zeit ein wenig hinle-
gen, nach Hause zurück. Ich zog Mantel und Schuhe
aus und hängte meinen Hut an die Garderobe. Ich
ging auf Socken schleichend ins Wohnzimmer, in der
Annahme, dass sie sich dort hingelegt hätte. Ich fand
eine leere Couch und auch im Sessel war keine Spur
von ihr zu sehen. Ich setzte mich hin und dachte, dass
sie sich wohl ins Bett gelegt haben wird und wollte sie
noch eine Weile schlafen lassen. Ich stellte den
Schachcomputer an und spielte eine Partie. Ich war
völlig versunken in das Spiel, als mich plötzlich eine innere Unruhe zwang aufzustehen und nach ihr zu sehen.
Ich schlich ins Schlafzimmer und stellte zu meiner Überraschung fest, dass das Bett völlig unbenutzt schien. Wo
war sie, die Angst hatte mich sofort im Griff, ich rannte
durchs Haus, fand sie aber weder in der Küche noch im
Bad. Ich rief nach ihr, bekam aber keine Antwort. Ich
bin zu spät, hämmerte es mir in den Schläfen. Wieso bin
ich nur alleine losgegangen? Ich überlegte wo sie sein
könnte. Gab es eine einfache Erklärung? Musste sie
noch etwas einkaufen? Hatte jemand angerufen und
sie musste kurz weg? Nein, dann hätte sie mir einen Zettel geschrieben, aber es lag keiner in der Küche oder
an der Garderobe, sie war weg. Dann sah ich die Kellertür, sie stand offen. Wieso war mir das noch nicht aufgefallen? Zögernd ging ich hin, machte die Tür ganz
auf und ging langsam die Treppe runter in den Keller,
es brannte Licht. Sie lag in der hinteren Ecke, ein Regal
mit Einmachgläsern war umgefallen und lag auf ihr,

rund um sie herum lagen Kirschen und Pflaumen und in den ausgelaufenen Flüssigkeiten mischte sich ihr Blut, das aus einer Wunde am Kopf geflossen war. Ich stürzte zu ihr, hob das Regal an und zog sie vorsichtig hervor. Sie atmete noch ganz leicht und ihre Augen sahen mich an, flehend und doch schon sterbend. Ich nahm ihre Hand und wollte etwas sagen, konnte es nicht. Ich nahm einen Lappen und wischte das Blut von ihrem Kopf, die Wunde war tief, kleine Knochensplitter guckten heraus. Sie wollte etwas sagen und Blut lief ihr aus dem Mundwinkel. Er hatte sie in den Keller gelockt und sie dann in das Regal gestoßen, anschließend habe er gelacht und sei verschwunden. Zuletzt stammelte sie, dass es ihr Leid tue, aber sie musste einfach seiner Stimme folgen. Es war doch ihr Junge und jetzt hat er sie mitgenommen in seine neue, heile Welt. Ihr Blick erstarrte und der Atem blieb aus. Ich drückte ihr noch blutendes Gesicht an meines und Tränen mischten sich mit ihrem Blut. Eine völlige Leere machte sich in mir und in dem Kellerraum breit. Ich trug sie nach oben und legte sie aufs Bett, dann schrie ich so laut ich nur konnte, es half weder mir noch einem Anderen, es musste raus. Ich rief Arzt und Polizei, es wurde von einem unglücklichen Unfall ausgegangen und für beide war die Sache damit erledigt. Ich konnte nichts Sinnvolles zur Aufklärung beitragen, man hätte mir nicht glauben können. Als der Auflauf von überflüssigen Menschen endlich gegangen war, saß ich so einsam wie noch nie auf dem Sessel und wollte ihr am liebsten folgen. Der Arzt hatte mir einige Beruhigungsmittel dagelassen, damit ich später würde schlafen können, ich nahm sie alle auf einmal und fiel kurze Zeit später auf den Boden. Als ich zwanzig Stunden später wieder erwachte, ging es mir nicht besser. Ich packte alle meine Sachen zusammen und verschwand aus dem Haus und dann von der Insel. Ich wartete auf ein Zeichen von dem Jungen, doch es kam nicht. Ich nahm den Zug in meine Heimatstadt und starrte in die vorbeirauschende Landschaft, die letzten Monate zogen wie ein Film an mir vorbei. Ich überlegte zur Polizei zu gehen und meinen Mord zu gestehen, fand aber in der Vorstellung in einem Gefängnis zu sitzen auch keine Erlösung. Als ich zu Hause ankam fühlte ich mich einsamer denn je. Ich ging in eine Apotheke und besorgte mir weitere Beruhigungstabletten, die Apothekerin schaute mir tief in die Augen bevor sie mir die Pillen gab. Sie sagte mir noch mal genau die richtige Dosierung und das ich vielleicht doch besser zu einem Arzt gehen sollte, ich bedankte mich und ging. Auch diese Pillen warf ich alle auf einmal ein und fiel in den nächsten langen Schlaf. Schlaf ist etwas Schönes, so lange man nicht wieder erwachte. Der Tod, so dachte ich, ist vielleicht der letzte Schlaf, der Vollkommene, der ohne ein Erwachen müssen. Ziellos rannte ich die nächsten Tage durch die Wälder, ich aß kaum noch etwas und trank viel zu viel. Ich wirkte von Tag zu Tag ungepflegter, doch merkte ich es nicht. Eines Morgens stand ich auf und sah mich im Spiegel an, erschrocken fasste ich einen Entschluss. Ich rasierte mich, stieg unter die Dusche, brachte meine Haare in Ordnung, nahm mir frische Klamotten aus dem Schrank und verließ das Haus. In diesem Moment wusste ich noch nicht, ob ich wieder kehren würde, aber das war mir in dem Moment egal. Ich ging zu dem alten Gebäude in dem Wald, was keinem zu gehören scheint, dort gibt es einen Tisch und einen Stuhl, manchmal bin ich dort hingegangen um zu schreiben. In einer Ecke hatte ich dort vor langer Zeit eine Schreibmaschine entdeckt und irgendwann habe ich dort viel Papier hinterlegt, für den Fall das es mal viel zu schreiben gäbe. Dort ging ich also hin, nicht auf direktem Weg, ich hatte noch etwas zu besorgen, etwas das man sich um den Hals legen konnte. Nachdem ich mich vergewissert hatte, dass niemand in der Nähe ist, stellte ich den Stuhl unter einen Balken und legte mir das Seil um den Hals.

Vor dem Schöpfer

Alle sind sie wieder da, der Schachspieler, die Zeitung, der Priester, die Mutter der jungen Frau, der Polizist, der Bekannte des Schachspielers und jetzt auch noch die junge Frau selbst. Dazu kommt der Junge durch eine Wand und alle erstarren, der Schöpfer sitzt zufrieden hinter seinem Schreibtisch und blättert in seinen Unterlagen, dann schaut er auf. „Da wir nun endlich alle beisammen haben und einige von euch bereits ein wenig nachdenken durften, mit der unterschiedlichsten Unterstützung, werdet ihr jetzt in eure neue Welt überführt.

Sie, junge Frau sind zuletzt gekommen, alle anderen hatten eine mehr oder weniger gerechte Chance sich zu erklären, bei ihnen erspare ich mir das. Ihnen war die große Chance gegeben Leben zu schaffen und zu bewahren und sie haben sie weggeworfen wie ein benutztes Taschentuch, von mir gegebenes Leben wirft man aber nicht einfach so weg, dafür gibt es keine Entschuldigung. Ich habe euch alle mit Gehirnen ausgestattet, und zwar aus einem einfachen Grund, damit ihr sie gebraucht um anständig miteinander umzugehen, in den meisten Fällen leider vergebens. Kinder sollten nicht vor ihren Eltern sterben, das bringt das Gleichgewicht durcheinander und erzeugt überflüssige Trauer, Dein Sohn ist bereits eine Weile hier und Du hast es nicht einmal gewusst, schäme Dich. Ihr anderen habt entweder direkt am Leiden des Jungen mitgewirkt oder aber davon Kenntnis erhalten und geschwiegen. Ihr habt euch um eure billigen einfachen weltlichen Probleme gesorgt und wolltet teilweise vorzeitig vor mich treten, schämt euch. Der Junge hat unendliches Leid ertragen müssen und ihr alle seit Schuld daran, nun gebe ich euch eine neue Welt, eine Welt nur für euch allein, ihr könnt euch einander nicht berühren, ihr könnt nicht miteinander reden, es sei denn der Junge will es, er herrscht über euch und kann mit euch machen was immer er will, ihr könnt weiter Schmerzen empfinden und überall in eurer neuen, kleinen Welt werden die Bilder, die ihr kennt, immer wieder ablaufen, ihr könnt euch dem nicht entziehen, ihr könnt eure Augen nie mehr schließen, es gibt kein weggucken mehr, das habt ihr aufgebraucht. Eure Welt wird klein sein, sie wird aus einem einzigen Raum bestehen, die Außenwände werden aus Glas sein und rund um euch herum wird das wahre Leben weiter gehen, ihr müsst auch das mit ansehen, wenn der Junge es will. Der Junge kann zu euch kommen wann immer er will und er kann gehen wann immer er will. Er kann euch hungern lassen und dursten, er kann Plagen über euch bringen und Leid, ganz wie es ihm gefällt und wenn er eurer überdrüssig ist kann er euch zerteilen, dann existiert ihr trotzdem weiter nur halt in Stücken. Ihr habt euch das alles selbst verdient, vergesst das nicht und nun schafft mir diese Nutzlosen hinweg. Dir Junge will ich noch etwas sagen, Du kannst später hinterher gehen." Die Helfer kamen von allen Seiten und trieben das kleine Volk durch eine Wand, dann waren sie verschwunden. Der Junge setzte sich auf den Stuhl gegenüber des Schöpfers und schaute sehr traurig geradeaus. „Du bist nicht zufrieden, es hat Dir nicht die Genugtuung gegeben, die Du Dir erhofft hast. Rache ist nicht der richtige Weg für Dich gewesen, das sehe ich, aber Du hast ihn Dir ausgesucht. Du kannst Dich jetzt mit ihnen vergnügen oder sie sich selbst überlassen. Wenn Du in eine andere Welt wechseln willst, alles vergessen willst und einen neuen Start mit all den Risiken möchtest, so komm zu mir und sag es mir, ich werde das für Dich arrangieren. Nur Garantien kann ich Dir keine geben, Garantien gibt es in keiner meiner Welten, Menschen entgleiten mir und machen wonach ihnen ist, Gebote hin oder her, sie glauben was sie wollen und erst wenn sie mir gegenüber sitzen erwachen sie. Dann ist es meist zu spät, aber ich würde beim nächsten Mal ein Auge auf Dich werfen und ein wenig darauf aufpassen, in wessen Hände Du gerätst. Nun geh aber erst mal und schau wie sie sich machen, in ihrer kleinen Glaswelt. Sie werden sich hassen, können aber nichts dagegen tun." Der Junge stand auf und ging auf die Wand zu, durch die eben die anderen geführt wurden. Kurz vor der Wand drehte er sich noch mal um, er wollte dem Schöpfer noch etwas sagen, doch der war verschwunden. Er wollte ihm sagen, dass es nichts gibt, was sein Leiden wieder gut machen könnte, er solle dafür sorgen, dass so etwas auf der Welt nicht passieren kann, und nicht nur das Verbrechen an ihm, nein es dürfe auch keine verhungernden Menschen geben und keine Kriege, keine großen und keine kleinen, auch wenn es dann vielleicht langweilig wäre hinunter zu schauen auf diese Welt. Er ging durch die Wand und sah den Glasraum inmitten eines Vergnügungsparks in Europa. In dem Moment, als der Junge durch die Wand geht kommt der Schöpfer unter seinem Schreibtisch wieder hoch. Er lächelt und ist zufrieden, was würde er nur ohne die kleinen Helfer tun, er wusste, dass ihm alles vor langer, langer Zeit bereits entglitten ist, er hatte bei so mancher Partie Golf mit dem Teufel darüber diskutiert. Beide hatten sich das alles anders vorgestellt, doch Gutes und Böses vermischt sich so sehr, dass man es kaum noch auseinanderhalten kann. Die Menschen, denen es gut geht, langweilen sich und suchen nach einer Abwechslung, nach einer spannenden Abwechslung, es muss natürlich etwas sein, was von irgendwem verboten ist, sie brauchen den Nervenkitzel und da ist der Mensch einfach zu kreativ geworden. Ihm fallen Sachen ein, die hätte der Schöpfer in seinen kühnsten Planungen nicht entwerfen können und so sitzt er oft da und grübelt wie es soweit kommen konnte. An manchen Tagen würde er die Welt gerne vernichten, aber die Zeit ist noch nicht gekommen und so übt er gelegentlich auf einer anderen. Doch überall wo er Menschen entstehen lässt ist es nach einer Weile das gleiche Spiel, er hat keinen guten Menschen erschaffen, das ist ihm nie gelungen. Er schaut ein paar Blätter durch und ruft seinem Helfer zu, dass er den nächsten Jungen reinbringen solle, er könne ihm auch gleich den Deal vorlesen, mal sehen wie er reagiert.

22

Ich schreibe diese letzten Blätter und überlege wie es mit mir weiter gehen wird. Der Strick liegt neben mir auf dem Boden, ich hätte ihn schnell wieder angelegt, doch nachdem ich nun die ganze Geschichte nochmal durchgegangen bin, kommen mir Zweifel. Der Junge hätte allen Grund gehabt sich das Leben zu nehmen, aber ich, das Leben ist doch etwas wertvolles, es ist etwas das man nicht wegwerfen sollte. Keiner weiß, ob es eine zweite Chance geben wird und wenn es sie gebe, würde es am selben Ort sein? Würde es einem da auch gut gehen? Seien wir ehrlich, uns geht es gut, manchen leider zu gut. Wir sollten mit offenen Augen durchs Leben gehen, alle Eindrücke, die sich einem in den Weg stellen, aufsaugen. Ich bin froh, dass ich diese Schreibmaschine einst hier gefunden habe und das genügend Papier da war, irgendjemand wird es finden und vielleicht an die richtigen Leute weiter leiten. Mir geht es nun wieder besser, nachdem ich alles nieder geschrieben habe. Ich nehme mein Seil, rollte es zusammen und packte es in die Tasche, ich nehme einen Faden und binde die Blätter zusammen und tue sie in eine Tüte, das Bündel lege ich neben die Schreibmaschine und gehe aus dem Gebäude, ich gehe durch den Wald und atme die Luft begierig in mich auf, am Waldrand setzt ich mich auf die Bank auf der ich schon oft gesessen hatte und lausche den Geräuschen der Welt.

Ein letzter Besuch

„Hallo, ich komme ein letztes Mal, Du kannst mich nicht sehen und das ist auch besser so. Du sollst wissen, dass es mir nicht leicht gefallen ist, meine Mutter zu töten, ich habe gesehen, dass es ihr wieder gut ging und ich habe auch gesehen, dass sie gelitten hat, unter dem was sie in ihrem Leben so getan hat. Trotzdem war sie Mitschuld und darum musste ich es tun. Ich möchte mich bei Dir bedanken, für das was Du getan hast, ich werde dafür sorgen das die Tat, zu der ich Dich gezwungen habe, aus Deinem Kopf, Deinen Erinnerungen verschwindet, genauso wirst Du mich vergessen und was ich Dir erzählt habe, es geht nicht anders. Du wirst genauso unwissend wie alle anderen von der Welt gehen und vor dem Schöpfer stehen." Ruhig saß ich da und lauschte der Stimme. Ich hatte ihn ja nur einmal gesehen, beim ersten Mal, danach nur noch in den Träumen, aber das waren Träume. Ich versuchte mir die Stimme einzuprägen, ich wollte nicht vergessen. „Lass mir wenigstens die Erinnerung an Deine Mutter, ich habe sie geliebt und bei allem was Dir zugestoßen ist, glaube ich, dass sie keine direkte Schuld trifft, sie war in einer besonderen Situation und hat versucht Dich zu retten, es ging schief, aber das lag nicht an ihr, sondern an den Menschen, von denen sie glaubte, dass man ihnen vertrauen könne. Leider kann man keinem Menschen vertrauen auf dieser Welt, egal welche Position er hat, egal was er Dir erzählt, egal was andere über ihn erzählen. Ich möchte mich an Deine Mutter erinnern, so wie sie war, wie ich sie kennen gelernt habe, lass mir diese Gedanken, bitte." Es war ruhig um uns herum, ich sah keine Abdrücke, er war nur in meinen Kopf zurück gekehrt und ich spürte wie er anfing dort aufzuräumen, er strich Teile meiner Festplatte und sagte kein einziges Wort dabei, meine Erinnerung an die letzten Wochen ging langsam verloren. Ich war ein paar Wochen auf der Insel um mich zu erholen und habe eine junge Frau kennengelernt, wir hatten ein paar wunderbare Tage und dann ist sie gestorben, gestolpert und vom eigenen Regal erschlagen, es hat mich sehr mitgenommen, und nun sitze ich hier und suche nach einem neuen Ziel in meinem Leben. Ich sagte ein letztes Danke und wusste nicht mehr an wen und warum.

Ende

Nachwort

Auch wenn die Geschichte von dem Jungen aus meinem Kopf gestrichen wurde, ist sie trotzdem auf dem Papier geblieben, welches neben meiner Schreibmaschine im Wald liegt. Ich habe sie gelesen und tief in meinem Innern ist ein Rest Erinnerung geblieben. So fällt mir immer wieder ein, dass ich den Jungen unbedingt noch etwas fragen wollte. Genau das was sie, verehrter Leser, mich jetzt sicher auch fragen wollen. Wie kann es sein, dass der Junge im Keller stirbt und anschließend noch so vielen Leuten begegnet, die er anschließend tötet. Er kann eigentlich erst viel später gestorben sein, nach der Vorlesung eventuell. Vielleicht ist er mir aber auch beim ersten Mal auf der Bank lebend erschienen. Als er dann ging hat er nur so zu meiner Beruhigung die Steine aus seinen Taschen fallen lassen, ist dann aber doch in den Fluss gegangen. Wie gesagt, ich habe ihn vergessen zu fragen. Ich glaube heute, dass es völlig egal ist, er ist tot, und dass nachdem er in vielerlei Hinsicht gelitten hat, lassen wir es damit, und schließen dieses Buch.

Zeitfracht Medien GmbH
Ferdinand-Jühlke-Straße 7
99095 Erfurt, Deutschland
produktsicherheit@kolibri360.de